双葉文庫

口入屋用心棒

拝領刀の謎

鈴木英治

JN259555

目次

拝領刀の謎　口入屋用心棒

第一章

一

板戸を閉めようとして鱗吉《りんきち》はとどまった。

——もう一度、顔を見ておこう。

鍬《くわ》を壁に立てかけた鱗吉は敷居を越え、薄暗い土間に入った。甘い薬湯《やくとう》のにおいに包まれる。

土間から一段上がったところに十畳の座敷があり、囲炉裏《いろり》が赤々と燃えていた。その隣に薄っぺらな布団《ふとん》が敷かれ、女房のおとよが横たわっている。

土間を横切って座敷に歩み寄り、鱗吉は式台《しきだい》に腰かけた。首を伸ばして、おとよをのぞき込む。

音を立てないようにしたのだが、病のせいで気が鋭くなっているのか、鱗吉の気配を察したらしく、おとよがはっとしたように目を開けた。

「どうしたの」

驚いたように鱗吉を見て、おとよがかすれ声できいてきた。

「いや、野良《のら》仕事の前にもう一度、おめえの顔を見ておこうと思ってな」

「そうなの……」

少し疲れたような笑みを、おとよが見せる。相変わらず顔色はよくないが、なぜか歯だけはきれいで、その白さが鱗吉の目に染みた。

「おとよ、寒くはねえか」

薄っぺらな布団に横たわったおとよは、搔巻《かいまき》に身を包んでいる。

「大丈夫よ。囲炉裏のおかげで、とても暖かいから……」

座敷の隣には襖《ふすま》で仕切られた夫婦の寝所《しんじょ》があるが、おとよが病に倒れてからは寒いこともあり、ほとんど使っていない。

もともと子がなく、二親《ふたおや》も早く死に、ここは夫婦二人きりの家である。どんな使い方をしようと、文句をいう者はいない。

おとよを見返して、うむ、と鱗吉はうなずいた。

「肌の色艶《いろつや》が、だいぶよくなってきたな。きっと薬が効いてきているんだろう」

鱗吉のその言葉を聞いて、おとよが顔をしかめた。

「だけど、あの薬、すごくまずいの……」

「良薬は口に苦し、というからな。おとよ、これからも我慢して飲み続けるんだぞ」

「ええ、もちろんそうするけど……。――あんた、もう畑に行かないといけないんじゃないの」

「ああ、そうだな。そろそろ霜《しも》も解《と》けはじめる頃だろう」

もっとおとよの顔を見ていたかったが、鱗吉には仕事がある。

「じゃ、おとよ、行ってくる」

おとよへの思いを振り切るように、鱗吉は式台から腰を上げた。

「あんた、済まないねえ」

いかにも申し訳なさそうな顔で、おとよが謝った。

「なんのこった」

不思議に思って鱗吉は問うた。

「あんた一人に苦労をかけていることよ」

「そんなのは、なんでもねえさ」

にこりとして鱗吉はいった。

「おめえは、元気になることだけを考えていりゃあいいんだ」

「でも、あんただけががんばって……。一人で野良仕事をするのは、きついだろうに」

「おとよ、それはいわねえ約束だろう」

目に力を込めて鱗吉はいった。

「ええ、そのことはよくわかっているんだけど。でも、あたしのせいで薬代ばかりかさんで……。薬は欠かさず飲んでいるのに、ちっともよくなった気がしないんだもの」

「病が治らねえのは、おめえがくよくよしすぎるからだ。薬を飲んで、大船《おおぶね》に乗った気持ちで寝ていりゃ、きっとよくなる」

「ええ、あんたのいう通りね」

「じゃあ、行ってくる。おとよ、さあ、寝るんだ」

「ええ、わかった」

おとよが目を閉じたのを見て鱗吉は土間を突っ切り、戸口に向かった。開けっぱなしにしてあった板戸から外に出る。冷たい風が吹きつけてきて、少し身を縮めた。

――おとよの病は必ず治してやる。

板戸を閉めながら、鱗吉は改めて誓った。壁に立てかけてあった鍬を肩に担ぎ、畑を目指して歩き出す。

ここ下駒込村《しもこまごめ》にある家と畑は、半町《はんちょう》ほどしか離れていない。畑は二反《にたん》ほどの広さがあり、鱗吉は冬から春にかけては毎年、大根を育てている。

樹間から日が射し込み、夜明け頃には体を縛りつけるようだった大気がだいぶ緩んできている。鱗吉は、畑に足を踏み入れた。

案の定、かたく凍りついていた霜が解け出し、土はやわらかくなっていた。

――これなら鍬が、弾き返されるようなことにはなるまい。

よし、と思って鱗吉は鍬を振り上げ、一気に振り下ろした。ざくっ、と音を立てて鍬が土にめり込んでいく。

春大根の種まきにはまだ時季が早いのだろうが、ほかの者より先んじて収穫できれば、それだけ高い値で売ることができる。江戸っ子は、とにかく初物《はつもの》が好きなのだ。

――俺はなんとしても、まとまった金を手に入れなきゃならねえ。それができれば、おとよの病にもっとよく効く薬を、必ずこの手にできるはずなんだ。

おとよの病がいまだに治らないのは、と鱗吉は思った。

――俺に稼ぎがねえからだ。甲斐性《かいしょう》がねえってことじゃねえか。

鱗吉には、今の薬では駄目だということがわかっている。

――金を稼いで、なんとしても腕のいい医者に診《み》せなければ。そうすれば、いい薬を処方してもらえるだろう。

腕に力を込め、鱗吉は再び鍬を振り下ろした。他の者たちより早く収穫するためには、土をできるだけやわらかく、そしてあたたかくしてやることが肝心である。

土に食い込んだ鍬を、鱗吉は腕の力でもう一押しした。それから鍬を返して、ぐいっと土をめくり上げる。

――とにかく、土をあたたかくしてやらねえと、種から芽が出ねえからな……。

種の寒さよけのためには、できるだけ深く掘って種まきをやらなければならない。堆肥《たいひ》も十分に施《ほどこ》さなければならない。

堆肥自体にも工夫が必要である。稲藁《いなわら》、雑草、灰などを馬糞《ばふん》との割合が三対一程度になるように混ぜてやると、土がふかふかになるのがわかっている。吉原《よしわら》の花魁《おいらん》が使っているという上質な布団のように、土をふかふかにやわらかくしてやるのが、おいしくて健やかな大根を育て上げる最大のこつである。

その上、大根の種をまくのには暖かな晴天が数日は続きそうな日を狙う必要がある。今日は好天で、風もほとんどなく、恰好《かっこう》の日といってよい。

冬らしく、これから数日は晴れの日が続くのではないかと鱗吉は見込んでいる。

鱗吉は一心不乱に鍬を振るい、畑を耕し続けた。

気づくと、広々とした目の前の畑はすべて耕し終えていた。畑は今、春大根の種まきを待つばかりになっていた。

冬大根の収穫はとうに終わっている。得意先は皆、おいしかったと喜んでくれた。

自分の畑で収穫した蔬菜《そさい》はやっちゃ場に出さず、鱗吉は自分で得意先を開拓し、じかに売っている。そのほうがやっちゃ場に口銭《こうせん》を取られず、手元に残る額が大きいからだ。

――どんなことをしても、おとよの病を治すんだ。そのためには、なんとしても金が要る……。

改めて鱗吉は固い決意を胸に刻んだ。手ぬぐいで汗を拭き、一息つく。

──さて、おとよはどうしているかな。

家で横になっている女房のことが案じられた。太陽の昇り具合からして、そろそろ昼である。九つの鐘が、じきに鳴りはじめるのではあるまいか。一区切りついたことだし、と鱗吉は思った。いったん家に戻るとするか。

だいぶ暖かくなってきたとはいえ、囲炉裏の薪《まき》も気になる。燃え尽きては、いないだろうか。愛用の鍬を畑道《はたみち》に置き、鱗吉は家に向かおうとした。そのとき、昼を知らせる鐘が鳴りはじめた。九つの鐘である。

──昼になったか。

捨て鐘が鳴り終わった直後、不意になにか風を切るような音が響いた。なんだ、と思った瞬間、目の前に黒い影が落ちてきた。どさっ、といやな音が鱗吉の耳を打つ。

うわっ、と声を上げて鱗吉はのけぞり、後ずさった。腰が抜けそうになっている。

──なんだ、なにが起きた。

目をみはって見やると、大きな棒らしき物が二本、地面に突き立っていた。

――いや、棒なんかじゃねえ。

鱗吉には人の足にしか思えない。

――まちがいねえ、人の足だ。

どうやら、人が頭上から真っ逆さまに落ちてきたらしい。それが頭から土に突き刺さり、ふかふかの畑に胴体までめり込んで、足だけが地上に出ているということのようだ。

――いくらやわらかく掘ったからといって、まさかここまで、めり込むなんて……。

「しかし、いったいなんでこんなことに……」

どこからこの人は、やってきたのか。あたりには、高い建物は一つとしてないのだ。高くそびえる木も一本もない。五間《ごけん》ほど先に立つ欅《けやき》は、せいぜい二丈《にじょう》ほどの高さでしかないのだ。

頭上には、大きな雲が一つ浮かんでいる。まるであの雲から落ちてきたとしか、鱗吉に思えなかった。

――まさか天狗《てんぐ》ではなかろうな。

天狗なら空を飛んできても、なんらおかしくはない。

空を飛んでいる最中、なにかしくじりを犯し、地面に落ちてしまったということも考えられないではないのだ。

しかし、眼前で畑に頭からめり込んでいるのは、ただの人のようにしか見えない。

――天狗などではなく、すたすた坊主《ぼうず》ではないのか……。

首をひねって鱗吉は思った。身なりがそうとしか思えない。土にはまってしまっているせいで上半身は見えないが、下半身は腰蓑《こしみの》を巻いているだけなのだ。

その姿は、すたすた坊主そのものといってよい。

すたすた坊主は、最近とみに江戸市中で目にすることが多くなった願人坊主《がんにんぼうず》の一種である。

〈すたすたや、すたすた坊主の来るときは、世の中よいと申します〉

すたすた坊主は、こんな口上を家々の前で述べるのを常としており、厄払《やくばら》いの礼金をもらったりしているのだ。

――この人がすたすた坊主だろうと天狗だろうと、いずれにしろ、すぐに御番《ごばん》所《しょ》に知らせなければ……。

ここ下駒込村近くの町にある自身番というと、と鱗吉は思案した。

——駒込浅嘉町《こまごめあさかまち》だな。よし、そんなに遠くないし、あの町に行こう。

腹を決めた鱗吉は駒込浅嘉町を目指し、駆け出そうとした。

だが、すぐに足を止め、頭から地面に突き刺さっている男を見やった。

——考えてみれば、まだ生きているかもしれねえじゃねえか。だとしたら、まずは助け出さないとならねえんじゃねえか……。

恐々《こわごわ》歩み寄り、鱗吉はすたすた坊主と思える男の下半身を迷うことなく抱きかかえた。その体は、生きているかのように温かい。

——これなら、望みはあるかもしれねえ。

希望を抱いた鱗吉は、男の体を畑から引き抜こうとした。

しかし男の体はひどく重く、しかもまるで杭のごとく頭から深く突き刺さっていた。

——こいつは、なかなか引き抜けそうもねえな。

だが長年、鍬や鋤《すき》を振るい続けてきた鱗吉は、強力《ごうりき》といってよかった。気合とともに、ついに男の体を土から引き抜いたのだ。

——ほれ、どうだ。

息つく間もなく鱗吉は、坊主頭の男の体を引きずるようにして畑道に横たえた。

──ああ、これは駄目だな。

一目見て鱗吉は思った。首の骨が、折れているのがわかったのだ。男の首が、あり得ない方向に曲がっていた。

──せっかく引っこ抜いたが、無駄骨だったか。

顔をしかめて、鱗吉は嘆息《たんそく》を漏らした。

「あれ──」

鱗吉は、坊主頭の男の顔に目を当てた。驚いたことに、すたすた坊主らしい男の口に猿ぐつわが嚙まされていたのである。

土でまみれていて最初は気づかなかったが、改めてじっくりと見ると、まちがいなく猿ぐつわだった。

──なんだい、これは……。なんで猿ぐつわなんか……。

もしかして、と鱗吉は思い至った。

──このすたすた坊主は、殺されたんじゃないのかい。

猿ぐつわが嚙ましてあるということは、そういうこととしか思えない。

――誰かがこのすたすた坊主を宙に飛ばして、殺したというのか……。

しかし、そんなことができるものなのか。

――できるわけがねえ。

土から出すとき、このすたすた坊主はとにかく重かった。それだけの重さの者を、どうやって飛ばすというのだ。

そんなことができる者が、この世にいるはずがないではないか。

――それにしても、この男のことを届け出るのは、本当に自身番でいいのかな……。

目の前の死骸を改めて見つめて、鱗吉は考えた。

すたすた坊主などの願人坊主は、寺社奉行が差配《さはい》していると聞いたことがある。

――しかし、寺社奉行所なんて、いったいどこにあるんだい。

寺社奉行所の場所など、これまで一度も考えたこともないのだ。

――だが、とりあえずこの一件を誰かに知らせなければならねえな。

面倒ではあるが、こんな異様な死に方をした者を、知らぬ顔でほったらかしにしておくわけにはいかない。

この近所には御鷹部屋《おたかべや》や御鷹仕込場《しこみば》、御鷹方同心《おたかかたどうしん》の組屋敷などがあり、公儀の役人が詰めたり、暮らしたりしているが、そちらに知らせてもおそらく迷惑なだけだろう。

——御鷹方の同心は威張ってるし……。

厄介払いされるのが落ちだろうという気がした。

——やはり、駒込浅嘉町の自身番に知らせるとするか。うむ、そうしよう。そうすれば、自身番の者が、きっとうまくやってくれるにちがいねえ……。

思い定めた鱗吉は、ここから最も近い自身番に向かって改めて走りはじめた。

二

午前の稽古が終わって昼休みになった。

道場内の隅に設けられている師範代《しはんだい》専用の納戸《なんど》に入り、湯瀬直之進《ゆせなおのしん》は手ぬぐいで汗を拭った。

少し遅れて、倉田佐之助《くらたさのすけ》が入ってきた。戸を閉める。

「湯瀬——」

同じように手ぬぐいで汗を拭きつつ、佐之助が声をかけてきた。

「稽古がはじまる前にも話したが、午後に菫子《すみれこ》どのがやってくる」

「うむ、そういう話であったな」

手ぬぐいを畳んで直之進は棚の上に置いた。

「おぬしの話では、菫子どのは薙刀《なぎなた》の素晴らしい遣い手だとのことだが……」

「ああ、すごいの一言だ」

感嘆の思いを隠すことなく佐之助がいった。つい先日、佐之助は菫子の夫である南町奉行所与力《みなみまちぶぎょうしょよりき》の荒俣土岐之助《あらまたときのすけ》を陰から警護したのだが、そのとき荒俣邸の庭にひそんでいるところを菫子に見破られ、いきなり薙刀で襲われたのである。

菫子とはまともにやり合うことなく佐之助はその場を引き下がったが、そのあまりの強さに閉口《へいこう》したという。

「しかし倉田、菫子どのはそれだけの腕前なのに、わざわざ試験が要るのか。おぬしの推薦ならば、師範も、菫子どのが師範代となることに、いやとはいうまい」

師範というのは、隻腕《せきわん》の遣い手の川藤仁埜丞《かわとうじんのじょう》のことである。元尾張《おわり》家の士で、柳生新陰流《やぎゅうしんかげりゅう》の達人だ。

「俺から話を聞いて、確かに師範は菫子どのの腕前はよくわかっておられる」

うむ、と直之進はうなずいた。

「だが、師範の承諾だけではいかぬ。館長にも、うん、とおっしゃってもらわねばならぬのだ。それには、俺の話だけでは駄目だ。実際に館長に、菫子どのの腕のほどを見てもらわなければな」

そういうことか、と直之進は納得した。

「では、午後の稽古には、館長もいらっしゃるのだな」

「そういうことだ」

「わかった。しかし倉田、なにゆえ菫子どのと対戦するのが俺なのだ。おぬしではいかぬのか」

「俺では駄目だ」

佐之助があっさりと認めた。

「俺は、菫子どのの強さをよく知っておる。ゆえに、菫子どのと対戦すれば本気を出さざるを得なくなってしまう」

「倉田の本気を引き出すなど、菫子どのの腕前のほどがわかろうというものだが、本気で対戦することがなにかまずいのか」

直之進を見つめて、佐之助が苦笑する。

「もし本気の俺が菫子どのに敗れるようなことがあれば、まことにまずいではないか。俺は秀士館《しゅうしかん》を馘《くび》になってしまうかもしれぬ」

「おぬしが本気を出せば、いくら菫子どのが強いといっても、後《おく》れを取るようなことはあるまい」

いや、といって佐之助がかぶりを振った。

「菫子どのとやり合って俺が負けることは、決して考えられぬことではない。しかし湯瀬、きさまなら大丈夫だ。認めたくはないが、今の俺より強いゆえ、菫子どのに敗れるようなことはあるまい」

「いや、そのようなことはない。おぬしが菫子どのに負けるかもしれぬなら、俺も同じに決まっている」

「いや、きさまの腕ならば大丈夫だ。負けはせぬ」

「俺が負けぬのなら、おぬしだって負けるはずがない」

「湯瀬、同じことを何度もいわせるな。今は、きさまのほうが強いのだ。俺では菫子どのに負けかねぬ」

断ずるようにいって、佐之助が直之進を見据えてくる。

「とにかく湯瀬、きさまが菫子どのと対戦するのだ。もしきさまをあわてさせるほどの技や動きを菫子どのが見せることができたら、試験は合格だ」

あわてさせられるだけで済めばよいが、と直之進は思った。

——もし菫子どのに負けるようなことがあれば、俺こそ秀士館をお払い箱になってしまうかもしれぬ……。

ここは必死に戦うしかないようだな、と直之進は腹を決めた。

「倉田、菫子どのと対戦するに当たり、なにか注意すべきことはあるか」

事前に菫子のことを佐之助にきくなど、ずるいかと思ったが、相手のことを知るのは勝利への第一歩である。ここはずるいなどといっているときではなかろう。無様《ぶざま》に負けるのだけは、なんとしても避けなければならないのだ。

「菫子どのが、きさまが思っている以上の強さであるのは紛《まぎ》れもない。それでも、おぬしのほうが、やはり強かろう……。ゆえに、注意すべきことはない。きさまは、常と変わらぬ気持ちで戦えばよい」

「そうか、平素通りにやればよいというわけか……」

「きさまのほうがはるかに強いからといって湯瀬、手加減など一切せずともよいぞ」

直之進をじっと見て佐之助が告げた。

「倉田、菫子どのは手加減できるような相手なのか」

ふっ、と佐之助が薄く笑う。

「正直いえば、菫子どのと戦ったとき俺は手加減する余裕などなかった。もしおぬしが手加減できたら、それは湯瀬直之進の腕前のすごさを、さらに際立たせることになるだろうが……」

「ふむ、やはり菫子どのはそれほどまでにすごいのか」

「ああ、すさまじい技の持ち主といってよいぞ。湯瀬、まあ、覚悟しておくことだ」

それほど菫子どのが強いのなら、と直之進は思った。

——午後の対戦は楽しみだな。

どんな相手であろうと、強い者と戦うのは心が弾む。

ところで、と直之進は佐之助にいった。

「菫子どののご亭主は南町奉行所与力だぞ。菫子どのが試験に受かり、秀士館の薙刀の師範代になることを、認めておられるのか」

「そのあたりは大丈夫だと聞いた」

直之進を見て佐之助がうなずいた。

「荒俣どのは、むしろ菫子どのを後押ししているようだ。菫子どのが秀士館の師範代になれば、荒俣家の誉《ほま》れであるとまで口にしているらしい」

「それは素晴らしい。妻が外に出るのを喜ばぬ男が多い中で、さすがに荒俣どのだ。いうことがちがう」

「荒俣どのには、樺山《かばやま》もなついているようだからな。樺山にとって、荒俣どのは頼り甲斐のある上役なのであろう」

樺山富士太郎《ふじたろう》は、南町奉行所の定廻《じょうまわ》り同心《どうしん》である。前から直之進は親しくしているが、一時は富士太郎や中間《ちゅうげん》の珠吉《たまきち》に殺し屋として仇《かたき》のように追われていた佐之助も、最近では打ち解けた口を利くようになっている。互いにだいぶ気を許してきているように見え、とてもよいことだと直之進は思っている。

佐之助が直之進をじっと見つめてきた。

「なんだ湯瀬、まだなにかいいたいことがあるような顔だな」

その通りだ、と直之進はいった。

「もし菫子どのが秀士館の師範代になったとして、着替えなどは、どこでしてもらうのだ。道場に、納戸はここ一つしかないぞ。さすがに、おなごと一緒に着替えるわけにはいかぬ」

「菫子どのが秀士館に採用されるかどうか、まだわからぬというのに、そこまで気を回すとはいかにも湯瀬としかいいようがないな」

からかうように佐之助がいった。

「この納戸を、交代で使うしかなかろうな」

「やはり、それしかないか……」

「もしそれが不便だと思うなら、館長に直談判《じかだんぱん》すれば、なんとかしてくれるかもしれぬ。とにかく湯瀬、今は着替えのことなど気にしているときではないぞ。菫子どのと立ち合う前に、しっかり腹ごしらえをしておくことだ。腹が空《す》いていては、力が出ぬぞ」

「ああ、その通りだな」

「湯瀬、今から食堂に行くのか。行くなら付き合うぞ」

「いや、ちょっと家に戻ろうと思っている」

「家に。湯瀬、なにか用事でもあるのか」

「いや、大したことではないが……」

むっ、とうなるような顔でいって佐之助が顔を近づけてきた。

「湯瀬、どうやら大したことらしいな」

さすがに倉田だ、と直之進は思った。

――よくわかるものよ。

「実は、せがれが熱を出したのだ」

直之進の言葉を聞いて、佐之助が驚きの表情になった。

「それは大変ではないか。きさまは稽古の最中も、どこか心ここにあらずという風情《ふぜい》だったが、そういうことであったか。それで、直太郎《なおたろう》は大丈夫なのか」

「大した熱ではないゆえ、大丈夫だと思うのだが……」

「医者には診せたのか」

「おきくが雄哲《ゆうてつ》先生を呼んだはずだ」

「秀士館一の、いや日《ひ》の本《もと》一の雄哲先生が診てくれるのなら安心だが、湯瀬、なにをぐずぐずしておるのだ。おきくさんのためにも一刻も早く帰ってやれ」

「あ、ああ、わかった」

佐之助に急《せ》かされて、すぐさま着替えを終えた直之進は納戸を出た。出入口の土間で雪駄《せった》を履き、秀士館の敷地を横切るようにして家を目指す。

秀士館で働く教授方のために、敷地内には何軒か家が建てられており、直之進一家はそのうちの一軒に住んでいる。館長の佐賀大左衛門《さがだいざえもん》も、敷地内に居を構えている。

家の戸口に立った直之進は、ただいま戻った、と小さな声でいって、そろそろと戸を開けた。直之進の声が届かなかったか、妻のおきくから返事はなかった。

――さすがに声が小さすぎたか……。

雪駄を脱いで、直之進は薄暗い廊下を進んだ。右手奥の腰高障《こしだかしょうじ》子の前に立つ。

「開けるぞ」

中に声をかけて、直之進は腰高障子を横に滑らせた。小さな布団が目に入る。

枕元におきくが座しており、ゆっくりと直之進を見やった。お帰りなさいませ、と声を出さずに口を動かした。

「どうだ、直太郎の加減は」

低い声でいって直之進は布団を回り込み、おきくの向かいに座した。甘ったるい薬湯らしいにおいが、部屋に充満している。

「だいぶ熱は落ち着いてきました」

「それはよかった」

首を伸ばし、直之進は直太郎の顔をのぞき込んだ。

「雄哲先生はいらしてくださったのだな」

「はい、あなたさまが出かけられて、すぐにいらしてくださいました」

「雄哲先生はなんとおっしゃった」

「雄哲先生によると、直太郎は風邪の引きはじめだそうです」

直太郎の顔からは、赤みがだいぶ取れている。寝息も穏やかなものになっていた。

「それで、雄哲先生は直太郎をここまでよくしてくれたのか。さすがの腕としかいいようがない」

「ええ、本当に。同じ敷地内に雄哲先生という名医がいらしてくださって、本当にありがたいことです」

深い感謝の思いを面にあらわして、おきくがいった。

「まったくだな。俺たちはとても運がよい。直太郎は、薬湯を飲んだようだな」

「ええ、雄哲先生が手際よくつくってくださいました。この子は、とてもおいしそうに薬湯を飲み干しました」

「そうか、おいしそうに飲んだか」

そのときの光景が、直之進には目に見えるような気がした。

「さすが、なんでも食べる直太郎だな。その後、こうして眠りはじめたのか」

「ええ、薬湯を飲むと、あっという間に眠りに落ちました」

ほっとしたようにおきくがいった。

「雄哲先生によれば、薬の効き目もあって、しばらくは目を覚まさないだろうということです」

「風邪を引いたときは、とにかく眠って、体を休めることが一番だと聞いたことがある」

「はい、雄哲先生もそうおっしゃっていました」

直之進をじっと見て、おきくが居住まいを正す。

「ところであなたさま、おなかがお空きになったでしょう」

「ああ、減ったが、おきく、今から支度《したく》するのか」

「はい、さようにございます」

「それは大変だろう。俺は食堂に行くことにする。食堂に行けば、なにか食べさせてもらえるゆえ」

秀士館の食堂では毎日、三菜一汁の日替わりの昼食を供してくれるのだ。

「でも、せっかくお戻りになったのに……」

申し訳なさそうにおきくがいう。

「いや、構わぬ」

笑みを浮かべて直之進はおきくを見つめた。

「もう心配はいらぬであろうが、おきく、そなたは、まだしばらく直太郎についていてくれぬか。そのほうが俺も安心できる」

「はい、私もこの子のそばにいてあげたいと思ってはおりますが……」

「ならば、そうしてやってくれ。もし直太郎が目覚めて、そばにそなたがおらなんだら、きっと悲しもう」

「わかりました。では、しばらくこの子から離れぬようにいたします」

「よろしく頼む。では行ってまいる」

「行ってらっしゃいませ」

「そなたも腹が空いていよう。必ずなにか食べるのだぞ。いくら我が子のためとはいえ、無理は禁物だ」

「はい、よくわかっています」

うむ、と直之進はうなずいた。直太郎の顔をじっと見る。

——うむ、大丈夫そうだ。

直太郎の寝息は落ち着いており、顔からは赤みがさらに取れてきていた。直太郎は、まちがいなく快方《かいほう》に向かっているようだ。早めに雄哲に診せたのがよかったのだろう。この分なら、容態《ようだい》が急変するようなことは、まずないと考えてよさそうだ。

――ふむ、本当によかった。

直之進は胸をなで下ろした。なにしろ風邪は百病の長《ちょう》ともいうから、油断できないのである。

とにかくこれで、と直之進は思った。菫子との勝負に集中できるというものだ。

直太郎が眠る部屋をあとにした直之進は、再び廊下を歩いて戸口に向かった。三和土《たたき》で雪駄を履き、戸を開ける。

まるで直之進が外に出るのを待ち構えていたかのように、一陣の寒風が吹きつけてきた。

――うぅ、寒いな。

寒がりの直之進は身を縮めそうになったが、すぐさま戸を閉め、顔を昂然《こうぜん》と上げて歩きはじめた。

——風などに負けていられるか。寒いと思うから寒いのだ。

実際のところ、故郷の駿州《すんしゅう》沼里《ぬまざと》に比べたら、江戸は雪もよく降るし、寒さがことのほか厳しい。

主家《しゅか》に仕《つか》えていたとき、直之進は江戸には参勤交代で何度もやってきたが、一度、一尺ほどまでに積もった雪を、上屋敷《かみやしき》の庭で目の当たりにした。あれほどまで積もった雪を見るのは初めてで、寒さを忘れて感動したものである。

——あのときは、寒がりのこの俺が寒さを感じなかったのだ。

つまりは、気持ちの持ちようであろう。あの大雪の日と似たような心持ちになれば、寒さを忘れることなど、さして難儀なことではないはずである。

三

いきなり寒風が吹き寄せてきて、南町奉行所定廻り同心の樺山富士太郎は身を縮めた。

「うぅ、寒いねえ」

その声が届いたようで、前を行く伊助《いすけ》が振り向いた。

「樺山の旦那は、寒がりなんですかい」

きくや、伊助がすぐに前を向いた。江戸の町は相変わらず人通りが多く、しかも急ぎ足で行く者がほとんどだ。後ろを見続けていたら、人にぶつかってしまうおそれがある。

「おいら以上の寒がりは、江戸広しといえども、なかなかいないんじゃないかと思えるくらいだよ……」

歩きながら富士太郎は、珠吉の代わりに中間を務めてくれている伊助の背中を見つめた。

「ああ、それはまた筋金入《すじがねい》りですね」

富士太郎を見て、伊助が朗らかに笑った。

「伊助は寒がりじゃないのかい」

また前を向いた伊助に富士太郎はたずねた。

「ええ、あっしはさほどではありません。むしろ、暑いほうが苦手ですね」

前を向いたまま伊助がいった。

「ああ、そうなのかい」

富士太郎は相槌を打った。

「そいつはうらやましいねえ。正直、おいらはこの時季は、襟巻をしたいくらいだけど、あれは病人や隠居がする物だからねえ……」

たいていの襟巻は絹でできており、風を通さないためとても暖かだ。

「でも樺山の旦那、襟巻くらい、別に誰がしても構わないんじゃありませんか。襟巻は、特に寒がりの人には、とてもありがたいものだと思いますよ」

「そうだねえ。江戸っ子が襟巻をしないのは、寒いのを寒いといわない、やせ我慢からきているしねえ」

「それに樺山の旦那、寒いのは体にも毒らしいですよ」

「えっ、そうなのかい」

そういえば、と富士太郎は思い出した。前に、雄哲が同じようなことをいっていた気がする。だから常に体を温めるようにしなければならんのだ、と。

ええ、と伊助が答えた。

「前に、近所に住んでいたお医者がそんなことをいっていました。体を冷やすのは、万病《まんびょう》の元らしいですからね」

「ほう、万病の元かい……」

「体を冷やすのが、体にいちばん悪いそうですよ」

「万病の元なら、おいらもやせ我慢なんかせずに襟巻をしようかなあ。一休上人《いっきゅうしょうにん》も、襟巻の暖かそうな黒坊主《くろぼうず》こやつが法は天下一なり、と詠《よ》んでいるくらいだからねえ」

「一休上人というと、頓知《とんち》で有名な一休さんのことですか」

「ああ、そうだよ」

富士太郎は肯定《こうてい》した。

「京の室町《むろまち》というところに幕府が開かれていたときの高僧だよ。帝《みかど》の御血筋ともいわれているらしいね」

「へえ、一休さんは、そんな高貴なお方だったんですか。驚きですねえ」

「一休上人は、門松は冥土《めいど》の旅の一里塚めでたくもありめでたくもなし、と詠んだお方だよ」

「ああ、その歌なら、あっしも知っていますよ。詠んだのは、一休さんだったんですか。でも、正月は冥土の旅の一里塚、だとあっしは思っていました」

「それはまちがいだろうね。一休上人は門松を一里塚に見立てて、その歌を詠んだのだろうから……」

「ああ、そうですね。ところで、先ほどの襟巻の歌は、黒坊主とか、こやつとかありましたが、誰のことを詠んでいるんですか」

「浄土真宗《じょうどしんしゅう》の宗祖である親鸞聖人《しんらんしょうにん》のことらしいよ」

「親鸞聖人でしたら、あっしも名だけは知っていますよ。とても有名なお坊さんですよね。その人のことを一休さんは、黒坊主とか、こやつとか呼んだんですか」

そのようだね、と富士太郎はいった。

「なんでも、京の本願寺《ほんがんじ》で親鸞聖人の二百回忌の法要が行われた際、一休上人はそれに出られて、その場にあった親鸞聖人の黒漆《くろうるし》の木像を見たんだね。その木像には襟巻が巻かれていたらしくて、それを目の当たりにした一休上人が、即興で先ほどの歌を詠んだようだね」

「ああ、そういうことですか」

納得したような声を伊助が上げた。

「木像にまで襟巻をしてあるなんて、親鸞聖人は襟巻を愛用していたんでしょうね」

「そういうことだろうね」

「つまり、親鸞聖人ほどの高僧でも寒いのは辛かったということでしょうから、樺山の旦那が襟巻をしても、なんら不思議はないということじゃありませんか」

「まあ、親鸞聖人が襟巻をしていらしたというのは、おいらのような凡人にはありがたいことだね」

「ところで、親鸞聖人はいつから襟巻を愛用されていたんですかね。やはり、隠居されるような歳になってからなんでしょうか」

そういえば、と富士太郎は思い出した。

「確か、親鸞聖人が七十近いときだったような気がするよ。逗留《とうりゅう》されていたお寺の住職が襟巻を差し上げたんだよ。それを親鸞聖人は大層お喜びになったらしいんだ」

「ああ、ならば、やはりお歳を召していたんですね」

「まあ、おいらは江戸っ子らしくやせ我慢することにするよ。それに、襟巻でなくたって、江戸っ子にはこいつがあるよ」

懐から手ぬぐいを取り出し、富士太郎はそれを首に巻いた。

「どうだい、伊助。これでだいぶ温かいよ」

「ああ、いいですね。首が温かだと、寒さがだいぶ和《やわ》らぐそうですよ」

「ああ、そういうものなのかい。それも、近所のお医者がいっていたのかい」

「さようです。体を冷やさないようにするには、とにかく首を温かくしておくとだって、いっていました」

「ふーん、そうなのかい。そこまで知っているなんて、そのお医者はさぞかし腕がよかったんだろうね」

「いえ、それが藪医者でして。口は達者でしたが、腕はよくなかったですねえ。酒が好きで、手がいつもぶるぶる震えていましたから、近所の者はほとんど寄りつきませんでした」

「手がひどく震えていたんじゃ、怖くて治療は受けられないね」

「本当ですよ。そのお医者も結局は、肝の臓を悪くして死んでしまったんですが……」

「肝の臓か。酒の飲み過ぎだね。酒は肝の臓に特に悪いらしいから……」

おっしゃる通りです、と伊助がいった。

「首を温かくして体が冷えないようにしても、酒の飲み過ぎで肝の臓を痛めつけて死んでしまっては、なんにもならないですよ」

「まったくだね」

同意した富士太郎は、すぐそばにある自身番の前を通りかかった。

「なにか異状はないかい」

足早に歩きつつ富士太郎は自身番に声をかけた。

「お疲れさまでございます。なにも変わったところはございません」

そんな声が自身番の中から返ってきた。

「そうかい」

返事をして、富士太郎はさらに市中の道を歩き続けた。

──あれ、また願人坊主がいるよ。

足を進めながら富士太郎は、人で賑《にぎ》わう辻に立つ一人の男に目をとめた。

この寒いのに、上半身は裸である。腰に蓑を巻き、結び目のところから吹き流しのように、だらりと長く下がった鉢巻をし、手には錫杖《しゃくじょう》を握っている。むろん裸足《はだし》である。

──しかし、このところ願人坊主が多いね。多すぎるんじゃないかな。

ほとんどの願人坊主は、まともに僧職には就いていない。しかし坊主だけに、寺社奉行の支配下にある。

──親鸞聖人や一休上人とは、人としての出来がちがうんだろうねえ……。

富士太郎に気づいたようで、その願人坊主が錫杖を地面に打ちつけ、にやりと笑いかけてきた。

「八丁堀《はっちょうぼり》の旦那、これをどうぞ」

薄気味悪い笑みを浮かべたその願人坊主が、一枚の紙を手渡そうとする。

「いらないよ」

にべもなく断って、富士太郎はその願人坊主を無視するように歩いた。

いま願人坊主が手渡そうとした紙には、なぞなぞが書かれているのだ。富士太郎は決してそれを受け取らないようにしている。

謎が気になって願人坊主を呼び止め、金を払って教えてもらう者は少なくないが、そういう風になりたくないからだ。そんな真似をしたら、願人坊主の思う壺ではないか。

それに、定廻り同心がなぞなぞなど解けないようでは、次から次へと起きる事件を解決できるはずもない。

「しかし樺山の旦那、巷《ちまた》には願人坊主があふれていますねえ」

嘆声《たんせい》を漏らすように伊助がいった。

「本当だよ。すたすた坊主が来るときは世の中よいと申します、なんて楽しそうに歌っているけど、こうして願人坊主がたくさんいるのは、世の中が乱れつつあるからじゃないかねえ……」

「そうかもしれません」

すぐさま伊助が同意してみせる。

「そのような者が多い世がよいはずがありませんよ。まともな職についていない者が多いときは、風紀《ふうき》が乱れるに決まっているんです」

歩きながら伊助が力説する。

「本当だねえ」

「三味線《しゃみせん》を鳴らして歌を歌ったり、経《きょう》の類を読んだりする門付《かどづ》けの願人坊主はいいんですが、中には悪事を働いたりする者がいるという話もありますからね」

「たちの悪い連中も中にはいるようだね」

「ええ、そのように聞いてます」

寺社奉行の支配下にあるといっても、市中で悪さをすれば、富士太郎たちは捕まえることができる。願人坊主だからといって手荒《てあら》に扱ったり、難癖《なんくせ》をつけてなんでもかんでもしょっ引いたりするようなことはないが、もし本当に悪事をはたらいているところを目《ま》の当たりにすれば、容赦なく町奉行所に引っ立てるつもりである。

願人坊主は、京の鞍馬寺《くらまでら》の使いといわれている。そのほかにも、出羽《でわ》にある修《しゅ》験道《げんどう》の山として知られる羽黒山《はぐろさん》からやってきた者たちもいるらしい。

願人坊主はおとなしい者が多いが、大勢《おおぜい》になれば気が大きくなり、寄り集まって騒ぎを起こさないとも限らないのだ。

――そういう動きには、特に気を配っておかないとならないよ。

富士太郎は肝に銘じている。

そのまま富士太郎と伊助は、縄張内の見廻りを続けた。

その最中、湯島天神門前町《ゆしまてんじんもんぜんちょう》を通りかかったとき、どこからか怒鳴り声が聞こえてきた。あまり柄《がら》がよいとはいえない声である。

「誰か喧嘩でもしているようだね」

足を止めた富士太郎は、同じように立ち止まった伊助にいった。

「ええ、どうもそうみたいですね。何人かいるようですが……。この先でしょうか」

右側に狭い口を開けている路地を、伊助が指さす。

路地の両側には、二階建ての商家と表 店《おもてだな》と呼ばれる通り沿いに建つ日当たりのよい長屋が並んでいる。確かに怒鳴り声は、二階建ての商家の向こう側からしているようだ。

「どうやらそのようだね。よし、伊助、行ってみよう。喧嘩なら、見過ごすわけにはいかないからね」

「承知しました」

口喧嘩程度のことで誰も怪我をしないならよいが、人が傷つけられたり、下手して殺されたりするような大事《おおごと》になるのは、江戸の治安を守る定廻り同心としては、なんとしても避けなければならない。

幅が半間ほどしかない路地に、富士太郎はすぐさま入り込んだ。後ろに伊助が続く。

なにか魚でも煮ているようなにおいが漂う路地を抜けると、多くの人が行きかう広い通りに出た。

相変わらず怒鳴り声は続いており、そちらに目を向けた富士太郎は眉をひそめた。

通りで願人坊主が五人ずつの集団に分かれて、なにやら言い合っていたからだ。互いににらみ合っており、今にもつかみ合いや殴り合いにつながりそうな不穏な気配に包まれていた。

巻き添えを食わないように、野次馬たちが商家などの軒下《のきした》に入ってその様子を見物していた。

——しかし、また願人坊主かい……。

うんざりしたが、富士太郎は願人坊主同士の諍《いさか》いを止めに入るしかなかった。

「どうしたんだい」

こちらに背中を見せている願人坊主の一人に、富士太郎は声をかけた。

「なんでえ」

うるさそうに願人坊主が振り返る。富士太郎を見つめて、あっ、と声を発した。富士太郎が町奉行所の役人であると、すぐにわかったのだ。

この願人坊主はずいぶん若く、まだ二十歳になったかならずやではないかと思えた。三味線を手にしている。

「あっ、これはお役人」

愛想笑いを浮かべて、若い願人坊主が頭を下げてきた。

「なにがあったんだい」

富士太郎は改めてきいた。その間も、願人坊主たちは、わいわいと口論している。

「いえね、向こうからあいつらがやってきて、相変わらず貧しい恰好をしてるな、と手前たちにいってきたんで、てめえらのほうが汚《きたね》え形《なり》をしているじゃねえか、といい返したんです。端《はな》から手前たちに喧嘩を売るつもりだったんでしょう。売られた喧嘩は買わなきゃならねえってことで、手前たちも熱くなって……」

まったくつまらないことで騒ぎを起こすものだね、と富士太郎はあきれた。

「願人坊主同士なのに、なんで仲よくできないんだい」

「あいつら、羽黒山の連中なんで……」

「じゃあ、おまえさんたちは鞍馬寺の者なんだね」

「ええ、さようです」

願人坊主は鞍馬派と羽黒派に分かれているが、そのせいで縄張争いがあるという話を富士太郎は聞いていた。商売をしていく上で、いろいろあるのはわかるが、こうして両派の争いを目にするのは、富士太郎にとって初めてのことである。

「てめえ、やるっていうのか」

不意に願人坊主の一人が声を荒らげた。

「当たり前だ。喧嘩をふっかけてきたのは、てめえらのほうじゃねえか。受けて立つに決まっているぜ」

「よし、やるか。叩きのめしてやるから、覚悟しなっ」

願人坊主たちが凄み、あたりに殺気がみなぎった。

「やめなっ」

大きく足を踏み出し、富士太郎は声を高くしていった。

「やめないと、おまえたち全員を番所に引っ立てるよ」

鞍馬派と羽黒派のあいだに割って入り、富士太郎は宣《せん》するようにいった。

「あっ、これはお役人」

鞍馬派で最も年長と思える者が、これまで目に入らなかったか、富士太郎に向かってこうべを垂れた。

「手前どものことはともかく、どうか、こいつらを御番所に連れていってください。仕掛けてきたのは、こいつらなんですから」

「いいえ、ちがいます」

大声を出したのは、羽黒派で一番に歳がいっている男だった。

「こいつのいってることはでたらめですよ。だってこいつが、あっしらの肩にぶつかってきたんですから」

「肩をぶつけたのは、てめえらが喧嘩を売ってきたからだ。順番をまちがうねえ」

「いや、てめえが肩をぶつけてきたから喧嘩になったんじゃねえか」

このまま言い合いを続けても、と富士太郎は両者を見て思った。

――どうせ、水掛け論にしかならないだろうね……。

「やめな」

二人の願人坊主を一喝《いっかつ》するように富士太郎はいった。

「とにかく言い合いはやめて、とっととこの場を立ち去るんだ。それで騒ぎはおさまるんだ。誰も怪我もせず、万々歳《ばんばんざい》じゃないか」

「しかし、こいつら、生意気なんですよ。とっちめないと」

「なにが生意気だ。てめえらこそ、図に乗りやがって」

「なんだと」

「やるか」

半裸の願人坊主が、腕まくりをするような仕草を見せる。

「やめるんだっ」

再び怒鳴《どな》って、富士太郎は両者を止めた。

「本当にやめないんだったら、おまえたちを全員、番所に連れていくよ。これは冗談なんかじゃないよ」

声に怒気《どき》を孕《はら》ませて富士太郎は告げた。

「おまえたち、わかったのかい。わかったら、返事をしないか」

富士太郎が促すと、双方の年かさの願人坊主が二人、うなずいた。

「わかりました。喧嘩はやめます」

「手前どももやめにします」

「それでいいよ」

表情を崩すことなく富士太郎はいった。

「おまえたち、もう往来の真ん中にいる用はなかろう。さっさと散りな」

「わかりました」

羽黒派の願人坊主たちが鞍馬派をねめつけながら、歩き出す。

鞍馬派の者たちもにらみ返しつつ、反対方向に歩きはじめた。

商家の軒下などにいた野次馬たちも、なんだ、もう終わりなのかい、などとつぶやきながら姿を消していく。

――まるで、願人坊主同士の喧嘩を止めたのが不満のような口ぶりだね。

野次馬たちは、願人坊主たちの殴り合いが見たかったのかもしれない。

――そんな乱暴を見たいだなんて、町人たちも気持ちが晴れ晴れしないのかな。なにか気分がくさくさしているのかもしれないね……。

「よし、伊助、見廻りを続けようかね」

願人坊主たちの騒ぎの最中、伊助は一言も言葉を発しなかったが、富士太郎のそばを離れることもなかった。

いざとなれば、富士太郎の身を守ろうとする気でいたのは、明らかだった。その伊助の気概を、願人坊主たちと話をしているときも富士太郎はずっと感じていた。

――これは、きっといい中間になるよ。いずれは、珠吉のようになってくれるかもしれないねえ。

内心で富士太郎の期待は高まった。

「では樺山の旦那、まいりましょう」

なにごともなかったような顔で、伊助が富士太郎の先導をはじめる。

もともと江戸の道に詳しいこともあったようだが、伊助は地理を覚えるのも得《え》手《て》らしく、いちど通った見廻りの道筋を、あっという間に頭に刻みつけるようなのだ。先導をはじめてからまださほど日がたっていないが、これまでに一度も道をまちがえたことがない。

——まったく大したものだよ。掘り出し物というのは、伊助のような男のことをいうんだろうね……。

それにしても、と富士太郎は思った。

——珠吉はどうしているかな。

かわせみ屋のあるじの庄之助《しょうのすけ》が公儀転覆《こうぎてんぷく》の陰謀を企てたのだが、その企みを阻止する際、珠吉は庄之助の右腕の高田兵庫《たかだひょうご》に、斬られたのである。

まさに瀕死《ひんし》の重傷というしかなかった。

——雄哲先生がいらっしゃらなかったら、まちがいなく珠吉は死んでいただろうね。

夜を日に継いで雄哲が必死に治療をしてくれたからこそ、珠吉は一命を取り留めたのである。

——とにかく珠吉が死なくてよかったよ。

今は、南町奉行所内にある中間長屋で、静養している最中である。まだ高田兵庫に斬られた傷が治りきっていないのだ。

——しかし、珠吉も近いうちに中間として復帰したいと思っているだろうね……。

珠吉は、六十五になったら富士太郎の中間をやめるとすでにいっている。

——あと二年もないんだね……。

珠吉が復帰したいのなら、また一緒に働きたいと富士太郎が思うのは当たり前である。ただ、そのとき、伊助をどうするかという問題がある。

——まあ、二人を連れて見廻りに出ればいいかな。伊助も珠吉の働きぶりを目の当たりにすれば、学ぶものも多いだろうしね……。

二人を連れてということでいいだろうね、と富士太郎は思った。

——伊助と一緒だからといって、珠吉も別に嫌がらないだろうさ。

それでいいね、と富士太郎は改めて思った。

四

冷たい風に負けることなく直之進は足早に歩を進ませた。

すぐに食堂が見えてきた。どこか寺の本堂を思わせる造りである。

食堂の出入口の前に立った直之進は戸を開け、中に足を踏み入れた。汁のだしや焼き魚のにおいが、もわっと押し寄せてきた。

目の前の三和土には、おびただしい数の雪駄や草履《ぞうり》、下駄が置かれているが、散乱してはいない。

このあたりのことは、秀士館の塾生たちは教授方にしっかり躾《しつ》けられているのだ。常日頃からの生活態度が改まらない限り、学問だろうと剣術だろうと、正しく身につくことは決してない、との館長の大左衛門の信念がすでに皆の心に根づいているのである。

三和土で雪駄を脱ぎ、直之進が優に五十畳はあると思える座敷に上がると、そこでは大勢の塾生が食事をしている最中だった。皆、笑顔で箸を動かしている。この食事も、すべてただで供《きよう》されるのだ。

——学問も食事も寮費もいっさい金がかからぬなど、まったく素晴らしいとしかいいようがないな。

まさに至れり尽くせりで、今も秀士館への入門を希望する者はあとを絶たないらしい。

しかし、収容人数の問題があり、新たな入門希望者は断らざるを得ないようだ。

それでも、大左衛門は新たな入門希望者をできるだけ受け入れるために、今も敷地内に新たな建物を建てようとしている。教授の数もさらに増やし、学問にもっと力を注ごうとしていると聞く。

教授方を充実させるための一環として、大左衛門は、おなごも秀士館に入門させる気でいるようである。

大左衛門は、女に学問は不要と口にする者が多すぎる、と嘆《なげ》いているらしいのだ。女が男に能力で劣っているはずがなく、少なくとも学問は対等にできると大左衛門は確信しているようなのである。

考えてみれば、江戸市中に女の手習師匠は珍しくない。もっとも、手習といっても女の手習《てならいこ》子に行儀作法を躾ける者が多いと聞くが、学問を教える者も決して少なくないはずである。

――学問のできるおなごは、実はかなりいるのではないか。

直之進はそんな風に思っている。

――剣術に関しては、男のほうが力がまさっている分、利があるような気がするが、それも技の精妙さで力のなさを補えるおなごがいても不思議はないな……。

食堂の端のほうに空いている場所を見つけ、直之進は座した。佐之助はもう食事を終えたのか、姿はどこにも見当たらなかった。

――あの男は、食べるのがやたらに速いからな……。

佐之助はとうに道場に戻り、一人、竹刀《しない》を振っているのかもしれない。

――しかし、倉田が俺よりも弱いと思っているとはな……。

そういえば、と直之進は思い出した。前に道場で門人と手合わせをしている佐之助の動きが、妙に緩慢《かんまん》に見えたことがあった。

――あれは俺の腕が上がったことで、そう見えたのか……。

果たしてどうだろうか。自分では、今も佐之助とは互角の腕だと思っている。

――どちらが上ということはなかろう……。

しかし、それも菫子と対決してみれば、はっきりするかもしれない。

もし直之進が菫子に圧勝できれば、あるいは佐之助より上といってよいのかもしれない。

――俺が、恐ろしいほどの遣い手である倉田を上回っているなどということが、あり得るのか……。

どうにも信じがたい。

「お待たせしました」

食堂で働く小女《こおんな》が、直之進のもとに膳を持ってきた。直之進は、笑みを浮かべて小女を見た。

「かたじけない」

礼をいって、直之進は膳に目を落とした。鯖《さば》の味噌煮が主菜《しゅさい》で、梅干し、納豆、大根の漬物に豆腐の味噌汁、飯という、実に豪華なものである。

これだけ豪勢な食事は、直之進が師範代だから特別に供されたわけではない。門人たちも同じものを食している。

——しかし、これほどの食事をただで食べられるなど、信じられぬ。

この食事だって、決して安くはない。いったい大左衛門は、どこからそれほどの金を調達しているのだろう。

大左衛門の性格からして、悪さをして得た金でないのは確かである。

もともと大身《たいしん》の旗本の出ということもあって相当の金持ちなのかもしれないが、実家の家督《かとく》はすでに弟が継いでいると聞いている。実家から、秀士館運営のための金が出ているとは思えない。

大左衛門は多才な男で、焼物や書画など骨董《こっとう》の鑑定や刀剣の目利《めき》きに優れ、さらに作庭《さくてい》の達人でもある。最近では料亭などにも赴き、料理の指導を行っているとも聞く。

以前、賊に刀で目を切られて二度と刀剣の目利きができなくなるのではないかといわれたが、これも結局のところ雄哲のおかげで全快し、今は以前のように大名や旗本からの依頼を、一所懸命にこなしているようだ。

刀剣の鑑定だけでも、相当まとまった金になるということを、直之進は聞いたことがある。

大身旗本の跡継ぎの座をあっさり弟にくれてやったのも、自分の能力が武家ではおさまりきらないことを、自覚しているからに相違ない。

それにしても、と直之進は思った。

――館長ほど多才な人物がこの世にいるなど、不思議でならぬ……。

自分には剣以外の才能はまるでない。

――だが、剣があるだけましかもしれぬ……。

手早く食事を終え、食堂をあとにした直之進は道場に戻った。門人がまだ一人もおらず、がらんとしている道場を横切り、納戸に入る。

そこでは佐之助が座していた。瞑想《めいそう》でもしていたような感じである。

「湯瀬、直太郎はどうであった」

佐之助が心配そうな表情できいてきた。直太郎がどういうことになったか、直之進は詳細に語った。

「熱が下がったか。それはよかった」

ほっとしたようにいって、佐之助が白い歯を見せる。

「前から思っていたが、やはり直太郎は強いな。きさまに似ているのだろう」

「俺に似ているのかどうかわからぬが、強いのはまちがいない。よく食べ、よく眠るのがよいのではないかと、俺は思っている」

「ああ、その通りかもしれぬ。眠るのはとても大事なことだからな。睡眠が足りぬと、なにかしようとする気力も起きぬ」

「まったくだ」

直之進は手早く着替えを終えた。佐之助とともに道場に出る。

午後の稽古がはじまるまで、まだ四半刻《しはんとき》ほどあるはずだが、すでに門人たちがちらほらと戻ってきていた。

「そろそろ菫子どのが来る頃ではないかな」

首を小さくかしげて佐之助がつぶやく。

「ならば倉田、門まで迎えに行くか」

直之進は佐之助に告げた。

「ああ、そうしよう」

同意した佐之助と一緒に、雪駄を履いて直之進は道場を出た。

佐之助と肩を並べて秀士館の敷地を進み、直之進は冠木門《かぶきもん》までやってきた。開いている門を抜けて直之進は、すぐそばを走る道に出た。佐之助も直之進の横に立つ。

「おっ、あれか……」

西へと延びる道を見やって、佐之助がいった。一人の女がこちらに向かって歩いてくるのが、直之進にも見えた。どうやら武家の女性《にょしょう》のようだ。女は面を上げて、まっすぐ歩いてくる。後ろに供の者らしい男が続いていた。

「うむ、まちがいない」

確信のある声で佐之助がいった。

「菫子どのだ」

その場に立ったまま直之進たちは、近づいてくる菫子を見守った。菫子が佐之助に気づいたようで、足を速めたのが知れた。

直之進たちの前まで来て、笑みを浮かべて菫子が足を止めた。

土岐之助の妻らしいといってよいのか、福々《ふくぶく》しい顔をしている。ただし、体つきはむしろほっそりしており、薙刀の達人という印象はほとんど受けない。

菫子に付き従っている若い男の供は、一間一尺ほどの長さがある細長い袋を背負っている。その袋の中に、菫子が愛用する稽古用の薙刀がしまわれているのであろう。

「倉田どの」

破顔《はがん》して菫子が呼びかけてきた。

「お出迎え、感謝いたします」

「ああ、待ちかねていた」

笑顔で佐之助がいい、直之進を見る。

「こちらは師範代の湯瀬直之進というが、確か、初めてだな」

「はい、さようにございます」

直之進を見て、菫子が腰をかがめた。

「湯瀬さまのご高名は、我が主人よりうかがっております」

董子は佐之助とは面識《めんしき》があるが、直之進とは初対面である。直之進も董子にこれまで会ったことはなかった。

「いや、高名というほどのことはないが……」

「ご謙遜《けんそん》を……。董子と申します。どうか、よろしくお願いいたします」

「湯瀬直之進と申す。こちらこそ、どうぞよろしくお願いいたす」

「董子どの、今日は、この湯瀬と手合わせしてもらうことになる」

董子を見て佐之助が説明した。

「えっ、ああ、そうなのですか」

誰と対戦するのか、これについては初耳だったようで、董子が目をみはって直之進を見つめてくる。

「湯瀬さま、よろしくお願いいたします。どうか、お手柔らかに」

直之進に向かって、董子が丁寧に頭を下げてきた。

「こちらこそ、よろしく頼みます」

すぐさま直之進もこうべを垂れた。

「では、まいろうか」

佐之助に促され、直之進たちは道場に向けて歩きはじめた。道場に着くと出入口から三和土に入り、そこで履物を脱いだ。

道場にはすでに門人たちが戻り、壁際にずらりと並んで座っていた。

見所《けんぞ》にはすでに館長の大左衛門と師範の仁埜丞が座していた。直之進たちは、まずその二人のもとに行った。

「こちらが荒俣菫子どのです」

佐之助が、菫子を大左衛門と仁埜丞に紹介した。

「荒俣菫子と申します。どうぞ、お見知り置きを」

端座《たんざ》して菫子が深々と頭を下げた。供の若者は菫子の後ろに控えている。

「手前が佐賀でござる。菫子どの、よくいらしてくれた」

笑顔で大左衛門が菫子にいい、すぐに言葉を続ける。

「倉田師範代から菫子どののお話を聞き、お目にかかるのを楽しみにしておりもうした」

「佐賀さま、ご丁寧にありがとうございます。私も館長にお目にかかれて、とてもうれしく思います」

大左衛門の次に、仁埜丞が菫子に挨拶《あいさつ》する。

「それがしは当道場の師範を務める川藤仁埜丞と申す。菫子どの、今日はどうかよろしくお願いいたす」

「こちらこそ、よろしくお願いいたします」

菫子が仁埜丞に向かって低頭する。

「菫子どの」

優しい声を大左衛門が投げた。

「こたびは、試験というこちらの思い上がった申し出を受けてくださり、心より御礼、申し上げる」

「こちらこそ、秀士館に呼んでいただき、私の技を見ていただけるなど、光栄の至りでございます」

「菫子どの、試験に通ったら、薙刀の師範代になること、お受けくださるか」

「もちろんでございます」

うれしそうに菫子が答えた。

「もし落ちたとしても、決してうらみなど残しませぬ。秀士館の剣術道場に伺《うかが》うことができ、さらに湯瀬師範代と手を合わせられるだけで、幸せでございます」

「それはありがたいお言葉だ」

感激したように大左衛門がいった。

「では菫子どの、さっそく支度をしてくださるか。倉田師範代、おぬしらの納戸で着替えをしていただくのだ」

穏やかな声で大左衛門が佐之助に命じた。

「承知しました」

きりっとした声で佐之助が答え、こちらに、といって菫子を立ち上がらせた。同時に供の者も立った。

どれだけ遣えるのだろう、といいたげな顔をして菫子を興味深げに見ている門人たちの前を通り、佐之助が菫子を納戸に案内した。

納戸の戸が佐之助によって閉められ、菫子の姿が見えなくなった。供の者は、納戸の前に門番のように立っている。佐之助が見所に戻ってきた。

「湯瀬、そろそろ体を温めておくほうがよい」

厳しい顔つきの仁埜丞にいわれ、はっ、と直之進は点頭《てんとう》した。

「では、そういたします」

すっくと立ち上がり、直之進は壁に設けられている竹刀掛《しないかけ》に歩み寄り、そこから一本の竹刀を手にした。その場に座り、防具と面《めん》をつける。

道場の中央に進み出て直之進が素振《すぶ》りをはじめると、やはり目にもとまらぬな、音が我らとまったくちがう、などと門人たちからいつものように感嘆の声が上がった。

直之進が素振りを繰り返しているとき、一人の男が道場に入ってきた。驚いたことに医者の雄哲だった。

一礼した雄哲が見所に赴き、大左衛門と仁埜丞、佐之助と挨拶をかわした。笑顔で大左衛門の横に座る。

すぐさま直之進は見所に行き、雄哲の前に端座した。

「雄哲先生、今日はありがとうございました」

雄哲をじっと見て、直之進は感謝の言葉を発した。

「先生のおかげで、我がせがれは何事もなく今も眠っているはずです」

「なに、早めにわしを呼んでくれたのがよかったのだ」

穏やかな笑みを浮かべて雄哲がいった。

「風邪は、引きはじめに治すに限る。こじらせたら、厄介だからな。引きはじめなら、葛根湯《かっこんとう》を飲んで寝れば、すぐに治る」

葛根湯医者といって、どんな病でも葛根湯を患者に飲ませる医者がいるらしいが、むろん雄哲は、その手の医者とは一線を画する名医である。

「葛根湯は、風邪の引きはじめには絶大なる効き目をあらわす。直太郎どのは、明日にはすっかり元気になっているはずだ」

「雄哲先生、ありがとうございます。助かりました」

「なに、礼などよい。湯瀬どの、菫子どのとの勝負、楽しみにしておるぞ」

「はっ、全力を尽くします」

直之進が頭を下げたとき納戸の戸が開き、菫子が出てきた。すでに防具と面は着用している。供の者から薙刀の袋を受け取り、その場に座った。

袋から薙刀を取り出し、菫子がそれを愛《いと》おしげにじっと見る。高ぶってきた気持ちを落ち着けるためか、深く息を吸い込んだのが知れた。

立ち上がった菫子が空になった袋を供の者に渡し、姿勢を正すやいなや、手にした薙刀を振った。しなやかで鋭い振りで、直之進は瞠目《どうもく》せざるを得なかった。

おう、と門人たちから一斉《いっせい》に声が上がった。

「では、行ってまいります」

雄哲にこうべを垂れてから直之進は立ち上がり、道場の端に立ち、再び竹刀を振りはじめた。直之進のことは気にしていない様子で、菫子も薙刀の素振りを続けている。その姿には人を威圧するような迫力があり、ずらりと居並んでいる門人たちも、一様に息をのんだような表情になっている。

——倉田の言葉に偽りはない。菫子どのは素晴らしい遣い手といってよかろう。

竹刀を振る手をいったん止めて、直之進はそんなことを考えた。

薙刀を振る菫子の面の中の顔つきはすがすがしく、これから戦うことに楽しみすら覚えているのではないかと思えるほどだ。

その気持ちは、直之進にもよくわかる。やはり強い者と戦うのは、心弾むものがあるからだ。

——それにしても、菫子どのから発せられるこの気は、女とは思えぬ強さだな。

少し離れた場所に立ちながらも、菫子からは直之進の体を圧《あっ》するような気が放たれている。すでに揺るぎのない覚悟の杭《くい》が、菫子の胸中に深く打ちつけられていることを、直之進は思い知った。

——手加減などしたら、俺はまちがいなく負ける。

戦う前にここまで強いのがわかるのなら、今日からでも師範代として採用してもいいような気がするが、やはり形だけでも試験を行い、その強さを秀士館の者たちに認めさせなければならないのだろう。

「両者、よいか」

見所を下りた仁埜丞がいい、直之進と菫子を凝視する。

「いつでも構いませぬ」

直之進は静かに答えた。

「私も大丈夫です」

凜《りん》とした声で菫子がいった。

「承知した」

大きく顎を引いた仁埜丞が、道場の真ん中に進んできた。

「よし、二人ともこちらに来るよう」

背筋を伸ばした仁埜丞が、直之進と菫子を手招いた。竹刀を手に直之進は歩きはじめ、仁埜丞のそばに立った。真向かいで菫子が足を止め、直之進を見つめてくる。

「よし、これから荒俣菫子どのの試験をはじめる」

静かな口調で仁埜丞が直之進と菫子に宣《せん》した。はっ、と直之進は答え、菫子が深くうなずく。

「今さらいうまでもないことだが、両者とも正々堂々と戦うように」

首を縦に動かして直之進が蹲踞《そんきょ》すると、わずかに遅れて菫子が同じ姿勢を取った。

直之進はすぐさま立ち、竹刀を正眼に構えた。菫子も薙刀を構える。さすがに隙がなく、直之進は嘆声を漏らしそうになった。

菫子が薙刀を構えた姿を見て、門人たちは固唾《かたず》をのんだような顔つきになっている。

一方、見所の端に座る佐之助は気楽そうな表情である。どうやら、直之進と菫子の勝負を純粋に楽しもうという気でいるようだ。直之進のほうが強いとはいったものの、拮抗《きっこう》した勝負になるのは解しているらしく、菫子がどんな戦いぶりを見せるのか、気持ちが浮き立ってならない様子である。

「はじめっ」

鋭い声を発し、仁埜丞が右手を振った。能舞台を行くかのような摺《す》り足で、菫子が前に出てきた。直之進の間合にはまだ遠いところから、薙刀が振り下ろされた。薙刀の間合は、刀とは比べものにならない。

菫子の性格を物語っているのか、外連味《けれんみ》がないまっすぐな振り下ろしである。それだけに、その斬撃《ざんげき》には相当の威力が秘められているのは、はっきりしていた。

振り下ろされた薙刀を後ろに下がってよけるのはさして難しいことではなかったが、逆に直之進は大きく足を踏み出した。菫子の薙刀がどのくらいの威力なのか、じかに感じてみたかったのだ。竹刀を斜めにし、直之進は菫子の薙刀をまともに受け止めた。

がしんっ、と耳をつんざくような音がし、直之進の腕に強烈な衝撃が走った。竹刀が掌中《しょうちゅう》で渦を巻くように動き、手のうちから飛び出しそうになった。両手に力を込め、直之進はそれを押さえ込んだ。

――これはすごい。

これだけ強烈な斬撃は、まず受けたことがない。とても女のものとは思えない。直之進はただ舌を巻くしかなかった。

――菫子どのの薙刀は、あの庄之助を彷彿《ほうふつ》させるものがあるな……。

読売屋のかわせみ屋のあるじだった庄之助は、公儀の転覆《てんぷく》を企み、その目論見《もくろみ》をうつつのものにするために何人もの人を手にかけた。直之進は佐之助や富士太郎とともにその陰謀を阻止したが、庄之助はそれまで対戦してきた中で、最も強かった。

佐之助と力を合わせて直之進はかろうじて庄之助を倒したものの、あれほどの難敵は初めてだった。

——庄之助に比べたら、菫子どのはすごいとはいっても、やはり落ちるな……。

庄之助はすさまじい威力の斬撃だけでなく、異様な迫力を感じさせる気を、全身から放っていた。あの気はまるで、がしっと頭を押さえつけられたかのようで、顔を上げるのさえも難儀だった。

菫子が発する気は直之進の体を圧すだけのものはあるものの、庄之助のそれとは比べものにならない。真剣での戦いを数知れぬほど経験してきた直之進が、菫子の気に圧倒されるようなことはあり得ない。

——しかし、女にしては信じられぬほどの腕前であるのは紛《まぎ》れもない。倉田が手を焼くはずだ……。

薙刀を頭上で旋回《せんかい》させ、菫子が直之進の右側に出てきた。そこから深く踏み込み、薙刀を横に払ってくる。

薙刀の切っ先が一気に伸び、直之進の横面を打とうとする。またも前に踏み出し、直之進は薙刀を竹刀で打ち払った。再び、がしんっ、と音が立ち、竹刀が直之進の手の中でぶるぶると震えた。

薙刀を肩に担ぐようにした菫子が、はっ、と気合を発した。同時に、薙刀を斜めに振ってきた。切っ先が一気に直之進の面に迫る。

切っ先にはたんぽがつけてあるとはいえ、まともに薙刀が当たれば、つけている面を砕かれそうな気すらした。

菫子の薙刀には、それだけの威力がある。薙刀をじかに受けてみて、直之進はそのことをはっきりと知った。

下がることなく、直之進は逆に前に足を踏み出した。全身に力を込めて、菫子の薙刀を竹刀で弾き返す。

またも激しい音がし、直之進の腕にしびれが走った。こんなことを繰り返していたら、いずれ腕が使い物にならなくなり、竹刀を取り落とすのではないか。そんな危惧が直之進の脳裏を走った。

菫子と少し距離を置いて直之進は、小さく息をついた。

――なにしろ、数ある得物《えもの》の中で、薙刀ほど強力なものはないといわれているくらいだからな……。

菫子ほどの達人が操《あやつ》れば、刀を得物にしている者の手に負えなくなるのもわかるというものだ。

それにしても、と直之進は思案した。

——これほどの攻めを見せるとは、菫子どのは、なんとしても師範代になりたいのだな。

とてもよいことではないか、と直之進は竹刀を構え直して思った。菫子には、それだけの熱意があるということだからだ。

——熱意のない者に教えを受けることほど、つまらぬものはないからな。

直之進を相手にこれだけやれることを見せつけられれば、菫子を師範代にすることに、誰も反対をしないのではないか。

すすっと足を前に進ませ、菫子が踏み込んできた。直之進を間合に入れるや、上段から薙刀を打ち下ろしてくる。

一歩も引くことなく、直之進はそれを打ち返した。手や腕に伝わる衝撃は相変わらず強烈だったが、歯を食いしばって耐え、逆に菫子の胴を竹刀で狙う。

菫子が薙刀を素早く戻し、直之進の竹刀を打ち払った。その打撃の強さに、直之進の竹刀が横に流れていく。

それにつけ込むように、菫子が薙刀を袈裟懸《けさが》けに振り下ろしてきた。あわてることなく直之進は竹刀を引き、菫子の斬撃を、気合を込めて撥《は》ね返した。菫子の体がわずかに浮き上がり、胴に小さな隙ができた。

すかさず直之進は竹刀を繰り出し、横に払っていった。

だが、その斬撃はあっさりと空を切った。菫子がひらりと跳躍し、竹刀をかわしてみせたからだ。

宙に浮いたままの菫子が直之進の頭上へ、叩きつけるような斬撃を見舞ってきた。体の重みが十分に乗った薙刀は速さと重さをさらに増し、一瞬で直之進の面に迫ってきた。

それを直之進は、体を開いてよけた。面をかすめるようにして薙刀が通り過ぎていく。

すれすれだった。一瞬でも遅れていたら、薙刀はまともに直之進の面に入っていたにちがいない。

菫子が降り立つと同時に、直之進は竹刀を振り下ろしていった。菫子が薙刀を引き戻す。直之進の竹刀が薙刀にまともに当たった。

竹刀の勢いに押された菫子が、わずかに体勢を崩した。

それを見逃さず、直之進は菫子の面に向かって竹刀を振っていった。

目を大きく見開いた菫子が、直之進の斬撃をかわそうと横に動く。しかし、直之進の竹刀のほうが速かった。

ばしん、と音がし、あっ、と菫子が声を発した。まるで弁慶《べんけい》の立《た》ち往生《おうじょう》のように、その場に棒立ちになる。

すっと後ろに下がり、直之進は竹刀を正眼に構えた。

「一本、それまで」

審判役の仁埜丞が宣した。呆然としていたような菫子だったが、不意に床にへたり込んだ。

「菫子どの、大丈夫か」

案じ顔の仁埜丞が菫子に近づき、声をかける。

「あっ、は、はい、大丈夫です」

座り込んだことにいま気づいたように、菫子が背筋を伸ばす。首を大きく左右に振った菫子が、体をふらつかせながら立ち上がった。顔を上げて、直之進を見る。ふう、と息をつき、深々と頭を下げた。

「ありがとうございました」

「いや、礼をいうのはそれがしのほうだ」

本心から直之進は告げた。

「身をもって、菫子どののすごさを味わわせてもらった。よい経験をさせてもらった」

「さようでございますか」

面の中の目が、まぶしそうに直之進を見る。

「私もすごい経験をさせていただきました。湯瀬さまはお強い。本当にお強い。これほど強い人は、私にとって二人目でございます」

一人目は倉田だな、と直之進は思った。

まちがいなくそうであろう。後ろに下がり、直之進は壁際で端座した。面を取ると、ひんやりとした道場内の大気が汗をかいた顔に当たり、気持ちよい。

直之進の真向かいに菫子が座り、同じように面を取った。疲れの色が目の下のあたりにほの見えるが、いかにも晴れやかな顔をしている。精一杯戦ったという思いが、その表情にくっきりとあらわれていた。

手ぬぐいを使い、菫子が丁寧に顔の汗を拭きはじめた。そのあたりの仕草は、いかにも女性らしい。

「菫子どの、息は落ち着いたかな」

笑みをたたえて仁埜丞がきく。

「はい、もう大丈夫です」

笑顔で菫子が答えた。

「ならば、先ほどの納戸で着替えを済ませてきなされ。そのあとで、試験の結果をお知らせしよう」

「承知いたしました」

頭を下げた菫子が面と薙刀を持ち、すっくと立ち上がった。納戸に向かって歩きはじめた菫子に、お疲れさまでございました、と供の者がねぎらう。

ありがとう、と礼をいって菫子が面と薙刀を渡した。供の者が一礼して、それらを受け取った。

納戸の戸を開け、菫子が中に姿を消した。

そこまで見届けてから、直之進は面と竹刀を持ち、再び見所に戻った仁埜丞を目指した。

仁埜丞は、大左衛門と佐之助を相手になにごとか話していた。大左衛門の隣に座っている雄哲は、紅潮した顔をしていた。どうやら興奮を隠せずにいるようだ。

「湯瀬もここに座れ」

仁埜丞に命じられた直之進は、はっ、と答えて佐之助の隣に端座した。

「どうであった」

真顔の仁埜丞が直之進に問うてきた。

「すごいとしかいいようがありませぬ」

率直な思いを直之進は語った。

「男でも、あれほどの薙刀の遣い手はそうはおらぬでしょう」

「わしもそう思う」

すぐさま仁埜丞が同意してみせる。

「では、湯瀬は合格でよいか」

「もちろんでございます。それがしに異存はありませぬ」

そうか、と満足そうに仁埜丞がいった。

「いま館長と倉田にもきいたが、二人とも湯瀬と同じ気持ちだ」

大左衛門も佐之助も、申し分なしといいたげな顔で直之進を見つめていた。

「わしも合格でよいと思う」

横から雄哲が熱の籠もった口調でいった。

「正直、剣術のことはよくわからんが、菫子どのがすごい遣い手であるのは、素人目に見ても疑いようがない。あれだけの遣い手を我が教授方に加えれば、秀士館の名声をさらに高めることになるはずだ」

雄哲が口を閉じるのとほぼ同時に納戸の戸が開き、菫子が姿を見せた。

「こちらにおいでなされ」

手を上げて、仁埜丞が菫子を呼び寄せる。はい、といって菫子が見所にやってきた。仁埜丞の前の床板に座す。

「館長、お願いいたします」

大左衛門から菫子に伝えるよう、仁埜丞が促す。うむ、と大左衛門が重々しくうなずき、菫子を見やる。

「菫子どの、見事な戦いぶりでござった。合格でござる」

「えっ、まことでございますか」

瞠目した菫子が喜色《きしょく》を露わにする。

「むろんでござる。湯瀬師範代を相手にあれだけの腕前を見せられて、不合格にできようはずがござらぬ」

「うれしゅうございます」

菫子はほっとしたような顔だ。

「では、菫子どの、我が秀士館剣術道場の師範代を受けていただけますかな」

確認するように大左衛門がいった。

「もちろんでございます。私のような者が秀士館の剣術道場の師範代になれるなど、光栄の極みでございます」

「ならば、今から門人たちにも伝えるが、よろしいかな」

「はい、よろしくお願いいたします」

大左衛門に向かって菫子が低頭する。

「承知した」

よっこらしょ、といって大左衛門が立ち上がった。

「皆の者、荒俣菫子どのの試験の結果を発表する」

おう、と門人たちがどよめいたが、すぐに静かになった。誰もが真剣な眼差しを大左衛門に向けている。

「湯瀬師範代を相手にあれだけの力を見せつけた以上、もう皆も結果はわかっているであろうが、荒俣菫子どのを我ら秀士館剣術道場の師範代に迎えることが決定した」

門人の誰もが当然だという顔をしており、不満そうな者は一人もいないのを、直之進は見て取った。

「異存のある者はおるかな」

柔らかな声で、大左衛門が門人たちにたずねる。門人のほとんどが首を横に振った。

「ならば、荒俣菫子どのには正式に師範代として、我ら秀士館の剣術道場に加わっていただく」

声高らかに大左衛門が宣すると、門人たちが歓声を上げた。

「ところでおまえたちの中に、今から菫子どのと対決してみたい者はおるか」

門人たちが静かになるのを待って、仁埜丞がいった。それを聞いて、えっ、と菫子が驚きの顔になった。

「是非お手合わせしたい」

「それがしもやりたいです」

「それがしもお願いしたい」

何人もの門人が手を挙げた。

「では内田《うちだ》、西脇《にしわき》、伊東《いとう》。おまえたち三人だ。菫子どのに揉んでもらえ」

穏やかな目で仁埜丞が菫子を見、顔をそっと近づけた。小声でいう。

「着替えを済ませたばかりなのに申し訳ないが、あの三人と手合わせしてくれるか。多分、すぐに決着はつくゆえ」

「わかりました。あの、着替えをしたほうがよろしいですか」

「いや、その要《よう》はなかろう。おそらく、汗一つかくことはない」

「はい、わかりました」

ほっとしたように菫子がいい、立ち上がった。供の者を呼び、薙刀を再び手にする。道場の真ん中に進み、背筋を伸ばした。

最初の相手として菫子の前に立ったのは、内田三蔵《さんぞう》である。十九歳の若者で、商家の三男坊だ。

このままいけば、いずれどこかの商家に婿入りする。それはいやだ。もし剣で身を立てることができたらどんなによいだろう、と考えて秀士館に入ってきたという。

三蔵は菫子の相手にまったくならなかった。菫子の一撃目の袈裟懸けをがっちりと竹刀で受け止めたまではよかったが、それだけで腰が砕けたようになり、胴に払われた二撃目をあっさりと食らってしまったのだ。

一本、と仁埜丞が宣し、仲間に介抱《かいほう》されて三蔵が道場の隅に下がっていった。

次に菫子の相手となったのは、西脇尚右衛門《なおえもん》である。九十五石という御家人の次男で、この男も三蔵と同様、剣で身を立てることを夢見て秀士館に入ってきた。

だが、尚右衛門も菫子の二撃目をかわすことができなかった。一撃目は胴を狙われ、それをよけて後ろに下がったところ、すでに二撃目が眼前に迫っていたのである。

面をしたたかに打たれ、尚右衛門は後ろに吹っ飛び、背中から床板に倒れた。おう、と門人たちからどよめきの声が上がった。

尚右衛門と仲のよい門人がすぐに立ち上がり、あわてて介抱に向かう。尚右衛門も、すぐさま道場の端のほうに連れていかれた。

ふむう、とその様子を眺めて直之進は我知らずうなっていた。

——菫子どのの連続技は、傍《はた》から見ていてもすさまじいな。俺はよく受けられたものだ……。

菫子に勝てたのが不思議な気さえする。

菫子の三人目の相手として道場に立った伊東隼平《じゅんぺい》の面の中の顔は、やや引きつっていた。

その顔を見て、無理もあるまい、と直之進は思った。

――あれだけの強さを見せられて、平静でいるのは難しかろう。

三蔵と尚右衛門の二人が菫子から連続攻撃を受けてあっさりとやられてしまったのを目の当たりにした隼平は、自分から仕掛けないと勝ち目はない、と踏んだようだ。

仁埜丞の、はじめっ、という声とともに、いきなり突進を開始したのである。間合を一気に詰めるや、菫子の面に竹刀を振り下ろしていく。

――その心意気は買うが……。

だが、隼平の斬撃は、あまりに切れがなかった。逆に菫子が踏み込み、薙刀を払っていった。

隼平の竹刀が菫子の面に届く前に、がつん、と鈍い音が道場内に響いた。

菫子の薙刀が、隼平の胴にまともに入ったのだ。薙刀の勢いはすさまじく、隼平の体がわずかに持ち上がっていた。

さっ、と菫子が薙刀を引くと、うう、とうめいて隼平が床板にくずおれた。隼平の手を離れた竹刀が、からからと音を立てて床を転がっていく。

「大丈夫ですか」

狼狽《ろうばい》したように隼平に近づいた菫子がきく。しかし隼平から返事はない。数瞬《すうしゅん》のあいだ、隼平は気を失っていたようだ。はっ、として起き上がった。大きく目を開き、まじまじと菫子を見る。

「あっ、は、はい。大丈夫です」

首を振って隼平が答えた。

「荒俣師範代、お手合わせくださり、まことにありがとうございました」

礼を述べた隼平がよろよろと立ち上がる。床に転がっていた竹刀を拾い上げ、よろけつつも道場の隅に下がる。

「湯瀬——」

横に座る佐之助が直之進に呼びかけてきた。

「なんだ」

「今の勝負を見て、きさまがいかに強いか、門人たちは思い知ったであろう」

「実際、よく菫子どのに勝てたと思う」

「なに、それがきさまの実力だ。俺も、きさまに負けておられぬ」

決意の思いを露わに佐之助がいった。

「湯瀬、互いに一層精進《いっそうしょうじん》しようではないか。秀士館道場師範代の先輩として、菫子どのに後れを取るわけにはいかぬ」

強い口調で佐之助がきっぱりと告げた。

「承知した」

直之進は深くうなずいた。

五

寛永寺の境内《けいだい》の外縁《がいえん》に沿うように進んで谷中町《やなかちょう》に入ったとき横合いから、あの、と富士太郎と伊助を呼び止める者があった。

その男は若く、富士太郎は見覚えがあった。

――はて、どこで会ったのだったかな……。

「あの、樺山の旦那」

若い男のほうは、富士太郎が誰か知っているようだ。

「なんだい」

　富士太郎はできるだけ優しく声を出した。若い男は息せき切って駆けてきたようで、呼吸がひどく荒い。

「手前は駒込浅嘉町の自身番で働かせてもらっている者ですが……」

――ああ、そうだったね。

若い男の顔を見て、その男が何者だったか富士太郎は思い出した。

「おまえさん、確か、才吉《さいきち》という名だったね」

駒込浅嘉町の自身番で、使い走りのようなことをしている若者である。

「ああ、さようです」

富士太郎に覚えてもらっていたことがうれしかったのか、才吉が頰を緩めた。

「それでなにかあったのかい」

「はい」

すぐに才吉が真顔になった。

「手前は今から南町奉行所に行こうとしていたんですが、ちょうど樺山の旦那のお姿が見えたので、声をかけさせていただきました」

そこで才吉がいったん息を入れる。

「それで」

穏やかな声で富士太郎は先を促した。

「それが……」

才吉が言葉を途切れさせた。

「手前も信じられないのですが、空から人が降ってきて、地面に刺さったらしいのです」

「えっ、空から人が降ってきただって……」

「ええ、うちの自身番にあわてた様子で駆け込んできたのは下駒込村のお百姓なのですが、そういっているのです」

「百姓が……。それで、空から降ってきたという人は無事なのかい」

「いいえ、それが死んでいるようなのです」

「わかったよ。才吉、人が降ってきた場所まで、おいらたちを案内できるかい」

「はい、できます」

「では、案内しておくれ」

「承知しました。あの、樺山の旦那、走っても大丈夫ですか」

「もちろんだよ。そのほうが早く着くからね」

「わかりました。では、ご案内いたします」

一礼して才吉が地面を蹴って駆け出す。富士太郎と伊助も走りはじめた。

やがて町家が切れ、あたりは緑が多くなってきた。武家の下屋敷らしい建物が、いくつも目に入るようになった。ほかに見えるものは畑や林、百姓家ばかりである。

景色が変わったことで、富士太郎は下駒込村に入ったことを知った。下駒込村と一口にいってもかなり広い。

「あそこです」

走りながら才吉が指をさした。一町ほど先にある畑の中に大勢の男たちが入っているのが、富士太郎にも見えた。東西に長い下駒込村の中でも、かなり東側にある畑であるのがわかった。

伊助とともに富士太郎がその場に駆けつけると、駒込浅嘉町の町役人《ちようやくにん》たちと、下駒込村の村役人らしい男がすぐに近寄ってきた。

「これは樺山の旦那、よくいらしてくださいました」

駒込浅嘉町の町役人の季右衛門《きえもん》が丁寧に挨拶をしてくる。ほかの者も口々に、ご苦労さまでございます、といった。

「才吉から話は聞いたよ。なんでも、人が空から降ってきたらしいね」

「さようにございます」

辞儀して季右衛門が肯《がえ》んじる。

下駒込村の百姓や駒込浅嘉町の町人とおぼしき男たちもそばに大勢おり、富士太郎を物珍しそうに見つめている。この者たちはほとんどが野次馬だろう。

下駒込村の村役人の二兵衛《じへえ》も、富士太郎に頭を下げてきた。顔を突き合わせてじっくりと話したことはないが、縄張内の村ということもあり、富士太郎は二兵衛とも顔見知りである。

「お忙しいところ、よくいらしてくださいました。ありがたいことで」

いや、といって富士太郎は手を振った。

「二兵衛、そんなことはいわずともいいよ。これがおいらの仕事だからね」

「畏《おそ》れ入ります」

こほん、と富士太郎は咳払いをした。

「で、空から人が降ってきたというのは、本当のことなのかい」

「ええ、手前もまだ信じられないのですが、どうもまことのことのようでございます。樺山の旦那、こちらにどうぞ」

二兵衛が、鍬で丁寧に土起こしがされた畑のそばの道に富士太郎を導いた。

そこに、明らかに首の骨が折れた男が横たえられていた。すでに息をしていないのは明白だった。

検死医師の洞安《どうあん》が検死の真っ最中だった。

洞安は、ここからほど近い小《こ》石川《いしかわ》白山《はくさん》前町《まえまち》で町医者をしている男で、腕がなかなかよいことから、このあたりで殺しがあったときなど、富士太郎は検死を頼んでいる。そのことを知っている季右衛門が気を回し、洞安に検死を依頼したのだろう。

――手回しがよくて、助かるよ。

「ところで二兵衛」

富士太郎は下駒込村の村役人に声をかけた。

「いま洞安先生が検死をされている仏だけど、空から降ってきたってことが、どうしてわかるんだい」

「ああ、それでしたら、自身番に通報してきた本人にじかに話を聞いてくださったほうが、早いでしょう」

富士太郎のいる場所から少し離れた畑道に立っている百姓を、二兵衛が呼び寄せた。はい、と答えてその百姓がすぐに近づいてきた。百姓は三十代半ばと思える歳の頃で、たくましい体つきをしていた。

「おいらは樺山富士太郎というよ。南町奉行所の定廻り同心だ」

笑みを浮かべて富士太郎は名乗った。

「手前は鱗吉と申します。この畑の持ち主でございます」

「そうか。ここではなにを作っているんだい」

「今は春大根を作ろうと思っています」

「大根か。いいね。おいらは大好物だよ」

「でしたら今度、八丁堀までお持ちいたしますから、お召し上がりください」

「えっ、持ってきてくれるのかい。それはありがたいね」

「ええ、手前はやっちゃ場には卸《おろ》していないものですから」

「ああ、得意先にじかに売っているんだね」

「さようです」

「わかったよ。春大根ができたら、持ってきてくれるかい。たくさん買うからさ」

「ありがとうございます。必ずお持ちいたします」

真剣な顔で鱗吉がいった。

「それで鱗吉。早速だけど、話を聞かせてくれるかい」

「はい、わかりました」

ごくりと喉仏を上下させてから、鱗吉が語り出す。すぐに話は終わった。

聞き終えた富士太郎は、ふむう、と荒い鼻息をついた。

「ということは、本当に空から降ってきたんだね」

「はい、おっしゃる通りでございます。このあたりには高い建物も木もありません。それにもかかわらず、この仏は真上から降ってきた感じでした」

「真上からか……」

顔を上げ、富士太郎はあたりを見回した。鱗吉のいう通りで、高い物は一つもない。

「もしかすると……」

思わせぶりな口調で鱗吉がいった。

「この仏は天狗にさらわれて、空から落っことされたのかもしれません」

「空に天狗らしい者がいたのかい。おまえさん、それを見たのかい」

「いえ、空には誰もいませんでした。でも、ここでいろいろ考えて、そういうことじゃないかなって思ったのですが……」

　しかし、猿ぐつわが嚙ましてあることから、人の仕業《しわざ》であるのはまちがいなさそうだ。だが、どうすれば、頭上から人を落として殺せるものなのか。富士太郎は下を向いてしばらく思案したが、これといった妙案は浮かんでこなかった。

「その仏、どさっと上から落ちてきたといったね」

　面を上げた富士太郎は、鱗吉に確かめた。

「ええ、先ほども申し上げましたが、昼になってあっしが野良仕事を切り上げて、いったん家に帰ろうとしたときに、目の前に落ちてきました」

　その場所を、富士太郎はおのれの目でしっかりと見た。大きな穴が空いていた。

「この穴から仏を引き抜いたとき、温かかったといったね」

「ええ、まだ生きているみたいに感じました。実際には死んでしまっていたんですが……」

　無念そうに鱗吉がまぶたを伏せた。ということは、と富士太郎は思った。

　――仏が空から落とされたとして、そのときはまだ生きていたということか……。

洞安から話を聞けば、そのあたりはさらにはっきりするのではないか。猿ぐつわを嚙ましていたということは、と富士太郎は考えた。

――空を飛んでいる最中、悲鳴を上げないようにしたってことかな……。

そうとしか思えない。ふむ、とうなって富士太郎は鱗吉を見つめた。

鱗吉の顔つきは正気としか思えない。先ほど話をしているあいだも、話の脈《みゃく》絡《らく》はしっかりしていた。とても嘘をいっているようには見えない。鱗吉の頭がおかしくなったわけではないようだ。

――あれ、おや。

富士太郎は、くんくんと鼻を鳴らした。

「鱗吉、おまえさんはどこか体の具合でも悪いのかい」

「えっ、なんでそんなことをおっしゃるんですか」

びっくりしたように鱗吉がきき返してきた。

「おまえさんから、薬湯のにおいがしているからだよ」

「えっ、ああ、そうですか」

富士太郎の言葉を聞き、鱗吉が納得したような顔になった。

「実は、女房が患《わずら》っているんですよ」

暗い顔つきになった鱗吉が、悔しそうに唇を噛んだ。

「女房の病はあまりよくないんだね」

富士太郎にきかれて、ええ、と鱗吉が顎を引いた。

「正直にいえば、とても悪いんですよ。それでも、すぐに命がどうのこうのというわけではないのですが……。毎日、薬湯を飲ませているんですけど、とても病がよくなっているとは思えません。がんばって薬湯を飲み続けている女房には、こんなこと、決していえないんですが……」

残念そうに鱗吉がかぶりを振った。

「毎日、薬湯を飲んでいるのかい。だったら、薬代も馬鹿にならないだろう」

「ええ、それはもう……」

「おまえさんが女房を診せている医者は、いい医者なのかい」

「いえ、あまりいいとはいえないのではないでしょうか……」

「そうかい。だったら――」

おいらが雄哲先生という名医を紹介してあげるよ、と富士太郎はいいかけた。

だが、そのとき検死医師の洞安が立ち上がり、富士太郎に声をかけてきた。

「樺山さま」

どうやら検死が終わったようだ。鱗吉から目を離し、富士太郎は洞安に向き直り、素早く近寄った。

「ご苦労さまです」

まず富士太郎は洞安をねぎらった。

「それで、この仏が亡くなったのは、いつでしょうか」

即座に富士太郎は洞安にたずねた。

「亡くなったのは、今から半刻ほど前ではないかと思います」

半刻前か、と富士太郎は考えた。ちょうど昼くらいではないか。先ほど鱗吉も、昼の鐘が鳴ってすぐに仏が降ってきたと語った。

「この仏は空から降ってきたということですが、もしこの仏が本当に空を飛んでいたとしたら、そのときはおそらく生きていたのでしょう」

確信の籠もった声音《こわね》で洞安がいった。

「空から地面に落ちたことで、この人は亡くなったのです」

「さようですか」

洞安を見つめて富士太郎はうなずいた。

「しかし、どうしてこんなことになったのか、先生には見当がつきますか」

「いえ、手前にはさっぱりわかりません」

「そうですか……」

見当がまるでつかないのは、富士太郎も同じである。

――しかしこの仏は、形はすたすた坊主だけど、本当は天狗じゃないのかい……。

それとも、鱗吉のいうように天狗がこの男をさらい、空から落としたのか。

――ふむう、天狗の仕業か……。

あり得ないよ、と富士太郎は思った。

――天狗が猿ぐつわなんかはめるもんかい。

だとしたら、人の仕業ということになるが、いったいどうやってすたすた坊主を空に飛ばすことができたのか。

富士太郎は首をひねるしかない。

――いや、人がやった以上、なにか手があるに決まっているよ。

腕組みをして富士太郎は、首の骨の折れた仏を凝視した。

――これは紛れもなく人殺しだよ。となれば、下手人《げしゅにん》がいるはずだね。

富士太郎は空を見上げた。

やはりなにもない。雲一つない蒼天《そうてん》が広がっており、目にまぶしいほどだ。

「鱗吉」

富士太郎は畑道に立つ鱗吉に近づいた。

「仏の顔に見覚えはあるかい」

「いえ、ありません」

「まちがいないかい」

「まちがいありません。何度も仏の顔を見直しましたんで……」

そうか、と富士太郎はいった。

「よし、鱗吉、もう帰っていいよ」

「ありがとうございます」

ほっとしたように鱗吉が辞儀した。

「では、これで失礼します」

——病の女房が心配でならないんだね。だから、鱗吉はそわそわしていたんだ。もっと早く帰してやればよかったね……。

ふう、と息をつき、富士太郎はそばに立つ伊助を見やった。

「伊助、まずはなにをするのがよいと思う」

富士太郎の中にすでに答えはあるが、伊助を鍛えるためにあえて問いを発したのだ。

そうですね、と少しばかり思案してから伊助が答えた。

「この仏の身元を、まずは明かさないといけないのではないでしょうか」

「その通りだよ」

伊助を見て富士太郎は大きく顎を引いた。

「伊助、仏の人相書を描きたいから、矢立《やたて》を貸してくれるかい」

「お安い御用です」

腰に下げていた矢立を取り、伊助が筆にたっぷりと墨をつける。その間に富士太郎は紙を用意した。

「伊助、この紙を広げて持っていてくれるかい。地面に置いたのでは、描けそうにないからね」

「わかりました」

伊助が富士太郎に筆を手渡してきた。

「ありがとう」

伊助が広げている紙に、富士太郎は仏の人相書を描いた。

「これでいいかな」

墨が乾くのを待って、富士太郎は伊助に見せた。

「ええ、よく似ていると思います。樺山の旦那は絵の才がありますねえ。とてもうまいですよ」

すごいとの思いを隠そうとせずに伊助がいった。伊助にほめられて、富士太郎は気持ちがよかった。

「よし、これを持って聞き込みに回るよ」

「わかりました」

伊助の元気のよい返答を聞いて、富士太郎は村役人の二兵衛を手招いた。

「念のためにきくけど、おまえさん、この仏が誰か知っているかい」

足元の仏を見やって、富士太郎はきいた。

「いえ、知りません。見たことのない顔です」

そうかい、と富士太郎はいった。

「この仏だけど、しばらく村で預かっておいてくれるかい。身元が判明したら、すぐに縁者に引き取らせるから」

「わかりました。では、村の会所《かいしょ》に置いておきます」

「よろしく頼むよ」

「あの、樺山の旦那」

怪訝そうな顔で二兵衛が呼びかけてきた。

「もし身元がわからなかった場合は、どうしたらいいんですか」

「その場合は、無縁仏として村で葬ってもらうしかないね」

「やはりそうですか」

眉根を寄せて難しい顔をしたが、すぐに気持ちを切り替えたようで、富士太郎を見つめてきた。

「樺山の旦那、どうか、よろしくお願いいたします」

「がんばって、必ずこの仏の身元を明かすようにするよ」

二兵衛に別れを告げて富士太郎は伊助を連れ、その場を離れた。

目指すのは、願人坊主たちが多くいそうな繁華《はんか》な通りである。まずは下谷の広小路に行ってみることにした。

下谷広小路は人出で賑わっていた。富士太郎はさっそく人相書を通行人に見せて回った。

「いえ、知りませんねえ」

「見たことのない顔ですよ」

「一度も会ったことはありません」

そんな答えばかりが返ってきた。結局、この日はなんの収穫もなく日が暮れていった。

これ以上、聞き込みを続けていても手がかりは得られそうにないと判断し、富士太郎は伊助を連れて南町奉行所に戻った。

大門《おおもん》を入ろうとしたちょうどそのとき、馬に乗った人物が外に出てきた。供を何人か連れている。

「あっ、これは御奉行」

すぐさま富士太郎は辞儀をした。伊助も富士太郎にならう。

「おう、樺山ではないか」

手綱《たづな》を引いて馬を止め、馬上から快活な声を投げてきたのは、町奉行の曲田伊《まがったい》予守隆久《よのかみたかひさ》である。

「樺山、いま戻ったか」

「さようにございます」

「ずいぶん遅くまでご苦労だな。そなたたちががんばってくれるおかげで、江戸の者たちは枕を高くして眠れるのだ」

「ありがたきお言葉にございます」

「今のは決して世辞などではないぞ。わしの本心だ」

曲田にねぎらわれて、富士太郎は心からうれしかった。

「では樺山、これでな。できるだけ早く屋敷に帰って、体を休めよ。わしは、ちと出かけてくる」

「かしこまりました」

馬腹《ばふく》を軽く蹴り、曲田が馬を進める。曲田の姿が供の者とともに闇に消えていった。

御奉行は、と富士太郎は眉根をぎゅっと寄せて思った。

——どこか浮かない顔をされていたようだが、気のせいかな。いや、気のせいではないねえ。

なにか気がかりがあるような表情に見えた。曲田と話しているとき、そのことが富士太郎は気になったが、まさか曲田にそんなことをきくわけにもいかない。

「樺山の旦那、どうかされましたか」

沈黙してその場にたたずんだままの富士太郎のことが気になったようで、伊助が声をかけてきた。

「ああ、いや、なんでもないよ。さあ、中に入ろう」

伊助とともに富士太郎は歩き出した。伊助は中間長屋で暮らしている。富士太郎は長屋門《ながやもん》になっている大門の出入口のそばで、伊助と別れて、詰所《つめしょ》に入った。

詰所は無人で、ひっそりとしていた。大火鉢《おおひばち》の炭はうずめられていたが、火箸でほじくり出すと、まだ赤かった。大火鉢を自分の文机《ふづくえ》のそばに持っていく。おかげで、じんわりと体が温かくなってきた。

——しかし、今日もおいらが最後か……。

文机の前に座り、富士太郎は今日の出来事を留書《とめがき》にしたためた。

——うむ、これでよいかな。

いちど見直し、留書の墨が乾いたのを見計らって所定の場所に置くと富士太郎は立ち上がった。大火鉢の炭を深くうずめる。

——これで火事になることはないね。さて、帰るとするか……。

富士太郎は、一刻も早く妻の智代《ともよ》の顔を見たい。智代は産《う》み月《づき》である。

——智ちゃんは、今日も一日、無事に過ごせたかな……。

とにかく富士太郎は、元気な子を智代に産んでほしかった。
今はそれしか望みはない。

第二章

一

手綱を握り締めながら、曲田伊予守隆久は馬上で首をひねった。

――さて、いったいどんな用件なのか……。

寺社奉行の本山相模守時任《もとやまさがみのかみときたか》から使いが南町奉行所に来て以来、これまで幾度となく思案してみたが、これぞという答えは出なかった。

やはり探索の依頼だろうか、と曲田は思った。寺社奉行所が町奉行所にその手のことを頼んでくるのは珍しいことではない。

しかし、寺社奉行がじかに町奉行に探索を頼むというのは、滅多にないことである。

――とにかく、相模守さまにお目にかかり、話を聞くしかあるまい。

そう腹を決めた。

いま曲田は、本山相模守の屋敷に向かっている最中である。

前を行く中間が提灯《ちょうちん》を掲げているが、ときおり吹く強い風に左右に持っていかれ、一瞬前方の景色が暗闇に閉ざされることがある。

だからといって、曲田の乗る馬がおびえていななくようなことはない。馬のほうが賢く、暗くなっても道筋は、よくわかっているのである。

——それにしても、今宵《こよい》も寒いな……。

馬上で曲田は、ぶるりと体を震わせた。このところずっと冬らしい寒さが続いており、特に朝晩は身を締めつけるような風が吹き渡っていた。一刻も早く春がやってきてくれぬものか、と曲田は願っている。

——だが、この寒さよりも、やはり相模守さまの用件が気になるな……。

また考えてみたものの、いったいどんな話なのか、曲田にはまったく心当たりがない。

やがて、道が元飯田町《もといいだまち》に入った。

——懐かしいな。

冷たい大気を胸一杯に吸い込み、曲田はあたりを見回した。南町奉行を拝命している今は、奉行所を役宅にしているが、曲田の本来の屋敷はこの町の近くなのだ。

その屋敷は、留守居の家臣たちが守ってくれている。

――家臣たちが住まっておれば、あの屋敷も寂《さび》れるようなことはあるまい……。

ここしばらく、屋敷には足を踏み入れていない。千代田城《ちよだじょう》と南町奉行所を、行ったり来たりしているだけだ。

黐木坂《もちのきざか》を上がりきり、すぐに右に曲がって今度は二合半坂《にごうはんざか》を下る。坂の半ばの左側に、本山相模守の屋敷がある。着いたか、と曲田は手綱を持つ手を緩めて思った。

寺社奉行は役宅がなく、そのときに住んでいる屋敷がそのまま役宅となる。考えてみれば、と曲田は思った。この屋敷に来るのも、ずいぶん久しぶりである。最後に来たのがいつだったか、思い出せない。本山屋敷の門前で曲田は下馬《げば》した。

本山屋敷の長屋門は、がっちりと閉まっていた。それでも、門番部屋とおぼしき場所から、わずかな灯りが漏れ見えていた。

曲田の内与力《うちよりき》をつとめる大沢六兵衛《おおさわろくべえ》が進み出て、くぐり戸を叩く。それに応じて、門番部屋の小窓が開いた。

すぐさま六兵衛が曲田の名を口にし、用件を門番に伝えた。

「ああ、曲田伊予守さまでございますね。はい、上の者より聞いております。いま開けますので、少々お待ち願えますか」

小窓がぱたりと閉まり、その直後、くぐり戸の閂《かんぬき》が外される音が、曲田の耳を打った。お待たせしました、と声がして、戸が開いた。

「どうぞ、お入りください」

中にいる門番にいわれ、うむ、とうなずいて曲田は、くぐり戸に身を沈めた。続いて六兵衛が続く。

ほかに供の者は馬の轡《くつわ》取りと提灯持ちの中間がいるが、その二人は長屋門の外で曲田の帰りを待つことになる。

――この寒い中、風よけもなくかわいそうだが、仕方あるまい。

曲田の背後でくぐり戸が閉じられ、閂がされる音が響いた。

「こちらにどうぞ」

提灯を手にした門番に先導され、曲田は六兵衛を連れて敷石の上を歩いた。

やがて、うっすらと母屋の影が浮かぶように見えてきた。

「どうぞ、お入りください」

玄関の前で足を止めた門番にいわれ、曲田たちは、二つの提灯が煌々《こうこう》と灯《とも》されている玄関に足を踏み入れた。

「曲田伊予守さま、よくいらしてくださいました」

取っ手つきの行灯《あんどん》が置かれた式台に座している侍が、曲田に辞儀してきた。この屋敷の用人で泉谷《いずみや》漢之助《かんのすけ》という侍である。本山の元服前までは、小姓《こしょう》として仕えていた。

「曲田伊予守さま、どうぞ、お上がりくださいませ」

丁寧な口調で漢之助が曲田にいった。すぐさま立ち上がり、行灯の取っ手を持って廊下に上がる。

三和土で雪駄を脱ぎ、曲田は式台に立った。すぐに六兵衛が曲田の雪駄を手にし、懐にしまい入れる。

「供のお方も、どうぞ、お上がりください」

漢之助にいわれ、承知いたしました、と答えて六兵衛が式台に上がった。

「曲田さま、お腰の物をお預かりしてよろしいでしょうか」

行灯を廊下に置いた漢之助が、曲田に申し出てきた。

「むろんだ」

腰から鞘《さや》ごと刀を抜き取り、曲田は漢之助に渡した。六兵衛も同じようにする。

「ありがとうございます」

礼をいった漢之助が、横合いから姿をあらわした刀番《かたなばん》らしい者の手に、二振《ふたふ》りの刀をそっと置いた。二振りの刀を捧げ持つようにした刀番が、一礼して廊下を下がっていく。

「では曲田さま、こちらにおいでください」

再び行灯を持った漢之助が、ほんの半間ほど進んだところで足を止めた。

「供のお方はこちらでお待ちいただけますか」

雪原で羽ばたいている一羽の鶴が描かれた襖を、漢之助が静かに開けた。行灯が灯された六畳間には火鉢が置かれ、いかにも暖かそうである。

火鉢の炭は、客が来たからとあわてて火をつけても、すぐに熾《おこ》せるものではない。本山相模守が曲田の来訪に合わせ、この部屋を暖めておくように、いち早く漢之助に命じていたにちがいない。

「ではそれがしは、こちらで殿のお帰りをお待ちいたします」

敷居際《しきいぎわ》に立った六兵衛が曲田にいった。

「六兵衛、この部屋でおとなしくしておるのだぞ」

「もちろんでございます」

うむ、と曲田がうなずいてみせると、六兵衛が頭を下げてきた。

「では曲田さま、まいりましょう」

漢之助が廊下を歩き出し、曲田はあとに続いた。敷居際に立ったまま、六兵衛がこちらを見送っているのが、振り返らずとも曲田にはわかった。

廊下を進むにつれ、曲田は邸内の寒気が体を縛りつけてくるような気がした。

——この屋敷は、よそより一段と寒いようだな……。

これはいったいどうしたわけだろう、と曲田は考えた。元飯田町は、他の町よりも冷える地勢なのだろうか。

いや、今は南町奉行所で暮らしているが、幼い頃からずっとこの近くに住み続けてきた。その元飯田町が特に寒かったという覚えは、曲田にはなかった。

一度、角《かど》を折れた漢之助が不意に立ち止まった。驚いたことに、そこの襖絵は、凍りついているらしい滝と雪山の図というものだ。

いくら季節に合わせて襖絵を変えるのが習わしだといっても、なんとも凍えそうなこの絵は、少しやりすぎのような気がした。

——そういえば、六兵衛が入った部屋の襖も、雪原に鶴という図だったな……。この屋敷がなぜか寒々と感じられるのは、これらの絵のせいとは考えられぬか。いや、さすがにそれはないか……。

「曲田さま——」

廊下に端座した漢之助が見上げてきた。

「こちらのお部屋で、我が殿がお待ちでございます。——殿、曲田伊予守さまがいらっしゃいました」

少しだけ声を張って、漢之助が襖越しに告げた。

「すぐに入っていただくのだ」

中から、しわがれた声が返ってきた。はっ、と答えて、両手を伸ばした漢之助が襖を横に滑らせる。

そこは十畳ほどの広さを持つ座敷だった。調度の類はなにも置かれておらず、床《とこ》の間《ま》も見当たらなかった。

座敷の右側に、本山相模守が座っていた。座敷には二つの行灯が置かれ、そのために部屋はかなり明るく感じられた。

「伊予守どの、お入りくだされ」

本山にいわれ、低頭してから曲田は座敷に足を踏み入れた。

「失礼いたします」

座布団が置いてあったが、それを後ろに下げて曲田は本山の前に座した。本山も座布団は敷いていない。

「それがしは、これにて失礼いたします」

敷居際に座っていた漢之助が襖を閉める。それを見た本山が曲田に目を移し、軽く咳払いをする。

「伊予守どの、急な呼び出しにもかかわらず、よく来てくださった」

「いえ、かように刻限が遅くなってしまい、まことに申し訳なく存じます」

すでに、夜も五つ近くになっているはずである。

「いや、町奉行というお役目は激務と聞いておる。こうして来てくれただけで、わしはありがたくてならぬ」

笑んでみせたが、本山の顔つきは明るいとはとてもいいがたい。

相模守さまはいったいどうされたのだろう、と曲田は心配が募ってきた。

――やはり、単なる探索への合力《ごうりき》で呼ばれたわけではなさそうだ。俺が呼ばれたのは、相模守さまの顔の暗さと関係あるのであろう。ないわけがない……。

曲田はかつて本山相模守時任とは屋敷が隣同士であった。同い年でもあり、気が合い、幼い頃から親しくしてきた。曲田にとって本山は、気の置けない友といってよい。

しかし、それぞれ大名と旗本、身分がちがう。まして、寺社奉行は町奉行より格式が遙かに上である。曲田は昔とは異なり、本山に対して丁寧な言葉遣いをするよう常に心がけている。

――大名の当主になったとはいえ、面差《おもざ》しなど相模守さまは若い頃となんら変わらぬが……。

もともと本山は二千百石の大身旗本鵜殿《うどの》家の次男で、仮名《けみよう》を次郎之介《じろうのすけ》といった。

次郎之介は十二歳で現将軍の小姓となり、元服《げんぷく》後の十八歳のときに五千石の本山家に婿入りしたのである。

本山屋敷は鵜殿屋敷から西へ一町ばかり行ったところにあり、本山家の前当主とは、曲田も次郎之介も幼少の頃から顔見知りだった。本山家の前当主は、まだ子供だった次郎之介のことをずいぶん買っていたようだ。

本山家に婿入りした次郎之介は相模守を名乗るようになり、二十二歳で御側御《おそばご》用人《ようにん》に出世した。そののちも将軍に寵愛《ちようあい》され続けて加増《かぞう》を繰り返し受け、ついに大名となったのである。

それが六年前のことで、相模守は三河《みかわ》の大楽《たいら》という地で、一万一千石を領している。

大名になってからも、本山に対する将軍の寵愛は変わらず、すぐに奏者番《そうじやばん》となり、そのときに寺社奉行も兼ねた。

寺社奉行になるために本山が自ら将軍に願い出たという噂があることを、曲田は聞いていた。

「相模守さま――」

姿勢を正して、曲田は本山に真摯《しんし》な口調で話しかけた。

「それがしを呼び出されるなど、いったいどうされたのです」

曲田の顔を見つめ返して、本山が苦い顔になった。

「実は……」

不意にうつむき、本山がいい淀《よど》む。それ以上、急《せ》かすようなことはせず、曲田は本山が口を開くのを黙って待った。

気を取り直したように面を上げ、本山が曲田に目を当ててくる。生気の感じられない瞳で、目の下には隈《くま》があった。

それを見て、曲田は眉根を寄せかけた。行灯の明かりが当たっているというのに、本山が暗黒の底にいる人物のように感じられる。

ふう、と疲れたような息をつき、本山が意を決したように告げた。

「神君家康公《しんくんいえやすこう》から本山家が拝領《はいりよう》した太刀《たち》を、盗まれたのだ」

――なにっ。

あまりに驚きが強かったせいで、曲田の腰が浮きかけた。

「盗まれたですと。どういうことですか」

間髪を容れずに曲田はたずねた。

「盗賊だ」

「大事な拝領刀を、盗賊に盗まれたというのですか……」

家康から本山家の先祖が拝領した太刀のことは、曲田も知っている。前に、本山からその太刀を見せてもらったこともある。

その太刀は、希代《きたい》の刀工といわれる折尾《おりお》摂津守《せつつのかみ》郷龍《さとたつ》の作で、値をつけたら、三千両になるのではないかというほどの名刀である。

——まさか、盗人に折尾摂津守郷龍を盗まれたとは、思いもしなんだ……。相模守さまが暗い顔をされているのも、至極《しごく》当然のことであろう。

「相模守さま、盗みに入られたのはいつのことですか」

ごくりと唾を飲み込んでから、曲田は問いを放った。

「五日ばかり前だ」

えっ、と曲田の口から声が漏れた。

「そんなに前なのですか」

驚愕した曲田は、息を深く吸い込むことで、なんとか気持ちを落ち着けようとした。しかし、うまくいったとはいいがたかった。

「相模守さま、その五日のあいだ、いったいなにをされていたのです」

我知らず声を荒らげそうになったが、曲田はなんとかおのれを抑えた。

ふう、とため息をついて、本山が曲田から目をそらした。

「神君からいただいた拝領刀を盗まれるなど、恥でしかない。決して公《おおやけ》にしたくはないゆえ、わし一人で探していたのだ……」

「相模守さまお一人で、ですか」

「そうだ。家臣にもいえぬ」

そういうことか、と曲田は思った。神官や僧侶たちの犯罪を相手にしている以上、寺社奉行所にも探索の力があるのはまちがいない。

だが、自邸に入り込んだ盗人を寺社奉行本人が探し出すなど、まず無理であろう。

それに、もともと寺社奉行所には、町奉行所がこれまで蓄積してきた下手人捜しの技術はないのだ。

探索に関して寺社奉行所は、素人同然といってよい。そのため、なにかあった際、寺社奉行所は町奉行所を頼ってくることが少なからずあった。

——もっと早く、拝領刀が盗まれたことを教えてくれていたら……。

曲田は、ぎゅっと唇を嚙んだ。しかし、今そのことをいったところで詮《せん》ないことでしかない。

「実は……」

曲田を見つめてきた本山が顔をゆがめた。

「今日より二日後に、上さまに折尾摂津守郷龍をご覧に入れなければならぬ」

「なんですと——」

そのことにも曲田は驚いた。

「上さまが拝領刀を見せるよう、ご所望《しょもう》なされたのですか」

そうだ、と本山が首肯《しゅこう》した。

「つい先日、上さまとお話をする機会があり、そのときに拝領刀の話になったのだ。わしの顔を目にされたことで、折尾摂津守郷龍のことを思い出されたらしい」

今の将軍は確かに刀剣好きで、特に名刀に目がない。

「ともかく、我が家の拝領刀を上さまのお目にかけるという話になった。まさか、その後、拝領刀を盗まれるという仕儀《しぎ》になろうとは、夢にも思わなんだ……」

力なく首を振り、本山がうなだれた。ふむう、とうなってから曲田は本山にたずねた。

「相模守さまが拝領刀を上さまにお目にかけることになったことを、知っている者はいますか」

少し考えてから本山が答えた。

「かなりいるであろう。上さまにお目にかかったとき、その場には奏者番が何人もおったし……」

——その中の誰かが、盗賊を使嗾《しそう》して折尾摂津守郷龍を盗ませたということは考えられぬか……。

本山に遺恨《いこん》を抱いているか、出世のために本山のことが邪魔だと思っている者の仕業ということは考えられないか。

だが、あとたった二日でそれを調べ上げるのは無理であろう。

「あと二日か……」

顎をなですって曲田はつぶやいた。

「太郎兵衛《たろうひょうえ》、やはり無理か」

力のない声で本山が曲田を仮名《けみょう》で呼んだ。

「いえ、とにかくやってみます」

本山を見返して曲田は答えた。

「相模守さま、折尾摂津守郷龍以外に盗まれた物はありませぬか」

「金だ。二百両ほどやられた……」

「二百両も……」

「だが太郎兵衛、金のことはどうでもよいのだ。わしとしては、折尾摂津守郷龍をなんとしても取り戻したい」

その気持ちは、曲田にもよくわかる。家康からの拝領刀を盗賊に盗まれたことが将軍に知られれば、切腹ものなのだ。

「頼む、太郎兵衛、この通りだ」

いきなり叫ぶようにいって、本山が畳に両手をついた。

「わしの力では、折尾摂津守郷龍を探し出すのはとうてい無理なことがわかった。それで、おぬしを頼ろうと、屋敷に来てもらった」

「むろん、それがしの力はお貸しいたします」

居住まいを正した曲田は、宣するようにいった。

「太郎兵衛、内密に探してくれるとありがたいのだが……」

「それについても、お任せください」

ぎゅっと目を閉じた本山がまぶたを開けて、曲田を見る。

「正直にいえば、折尾摂津守郷龍を盗まれたことは、おぬしにも秘しておきたかった」

「しかし相模守さまは、そうはなされなかった。それがしに話す道を、お選びになった……」

「その通りだ。折尾摂津守郷龍を盗まれたことは、すでに奥も知っておる。家臣にも、すでに察している者が何人かおるはずだ。ゆえに、この一件が、いずれ外に漏れるのは必定《ひつじょう》。もはや秘密にできぬと考え、わしはそなたに相談することにしたのだ」

「奥方もご存じなのですか」

「そうだ」

本山の今の奥方である佳子《よしこ》は、後添《のちぞ》えである。

前の奥方は敏絵《さとえ》といい、本山家の家付きの娘だった。美しい娘で、曲田にも密かな憧れがあった。

――敏絵どのは、五年前に病でこの世を去ってしまったのだったな……。

敏絵の葬儀の際、本山は悲しみのあまり、弔問客に対して、ほとんど顔を上げられなかった。

一年ほど前に本山は、世話する者があって佳子を迎えた。

佳子の実家は、当主の内匠頭吉興《たくみのかみよしおき》が大目付《おおめつけ》をつとめる旗本の安倍《あべ》家である。安倍家は徳川家譜代の名門で、大名家となった本山家とも十分に釣り合いが取れる。

「相模守さま。つまらぬことをうかがいますが、五日前に折尾摂津守郷龍が盗まれたのが、なにゆえわかったのです。拝領刀は、大事に蔵にしまってあったのではないのですか」

そのことか、と本山が辛そうにいった。

「上さまにお目にかける日が近づいてきたので、わしは蔵から出した折尾摂津守郷龍を寝所に持ち込み、手入れをしたのだ」

そういうことだったか、と曲田は納得した。

「寝る直前、わしは床の間の刀架《とうか》に折尾摂津守郷龍をかけておいた。だが翌未明、そこにあるはずの拝領刀がなくなっていたのだ。そのことは、わしよりも先に我が奥が気づいた……」

さらに本山が先を続ける。

「奥は、拝領刀が盗まれたと知ると、すぐさま実家に知らせようとした。わしはそれを、なんとか押しとどめた。神君からの拝領刀を盗まれたのは、さすがに我が家の恥でしかなく、そのことを大目付に知られるわけにはいかなかった……」

その通りだ、と曲田は思った。大目付に折尾摂津守郷龍を盗まれたと知られたら、どんな処分が下《くだ》るか、わかったものではない。娘の嫁ぎ先であろうと、泣く子も黙るといわれる大目付は、容赦なくやるのではないか。

——いや、それとも相模守さまをかばう側に回るだろうか……。

「奥は、拝領刀をなんとしても取り戻すよう、わしに強くいっておる。もし取り戻せぬのなら父上にお知らせし、大目付配下の手で探してもらいます、とまで申しておるのだ。それでわしは、もはやおぬしに頼るしかなくなった。おぬしなら、必ずや拝領刀を取り戻してくれると信じたのだ」

「それがしがここに呼ばれたいきさつは、よくわかりました」

言葉を切り、曲田は本山を熟視《じゅくし》した。

「相模守さま、盗賊がこの屋敷に入ったというのは、まちがいないのですね」

曲田がたずねると、なにっ、と本山が絶句しかけた。

「まちがいない。しかし太郎兵衛、なにゆえそのようなことをきくのだ」

本山に顔を近づけ、曲田はささやくような声音でいった。

「拝領刀を盗んだのは、家中の者の仕業だと考えられませぬか」

なにっ、と本山が先ほどと同じ声を発した。

「なにゆえ家中の者が、そのような真似をしなければならぬ」

本山も声を低くして曲田にきいてきた。

「相模守さまを困らせてやろうという気持ちから、ということも考えられます」

「わしを困らせるだと……」

「相模守さまは、家臣からうらみを買ってはおりませぬか」

曲田は、ずばりと本山に問うた。

「買っておらぬと思うが……」

首をかしげて眉を曇らせた本山は、自信がある表情ではない。

「相模守さま、奥方さまとの仲はよろしいのでしょうか」

曲田は新たな問いを本山にぶつけた。

「太郎兵衛、まさか奥の仕業だというのではなかろうな」

目をみはった本山にきかれ、曲田は声を再びひそめた。

「もし奥方さまが相模守さまになんらかのうらみを抱いているのであれば、そのような仕儀に及んでも不思議はございますまい。神君からいただいた刀はお二人の寝所にありました。失礼ながら奥方さまが盗むのは、いともたやすいことです」

ふむう、と本山がうなるような声を上げた。

「奥とは、あまりうまくいっているとはいいがたいのだが……」

相模守さまは、と曲田は思った。

——まだ前の奥方の敏絵さまのことを、忘れておらぬのではないか……。

その気持ちが佳子に伝わり、二人はうまくいかないのではないだろうか。

「しかし、いくら仲がうまくいっておらぬとはいえ……」

言葉を切って顔を上げ、本山が曲田を見つめてくる。

「さすがに、奥がそのような真似をするとは思えぬ。折尾摂津守郷龍が盗まれたとわかったとき、父上に知らせましょう、といった顔は本気にしか見えなかった……」

さようですか、と曲田は相槌を打った。

——やはり佳子さまの仕業というのは、あり得ぬか。

ほかにまだ相模守さまにきかねばならぬことはあるか、と曲田は自問した。軽く息を入れ、本山を凝視する。

「相模守さま、折尾摂津守郷龍はどのような刀でしたでしょうか。以前、見せていただいたことはありますが、それがしは拵《こしら》えも刃文《はもん》も、ろくに覚えておりませぬ」

さようか、といって本山が曲田をじっと見てきた。

「太郎兵衛、今から申すが、よいか」

「しばしお待ちくださいませ」

懐に入れておいた帳面を出し、曲田は腰に下げていた矢立から筆を取った。

「よいか」

「はっ、お願いいたします」

目を閉じて折尾摂津守郷龍の姿を脳裏に引き寄せたらしい本山が、名刀の特徴を話し出した。

「鞘《さや》は朱《しゅ》で、梨地塗《なしじぬり》の雄渾《ゆうこん》な龍が施されておる。鍔《つば》にも、金で龍が描かれている。柄《つか》は鮫皮《さめがわ》に黒漆が塗られ、白糸で巻かれている」

本山の言葉を聞いて、曲田はすらすらと帳面に書いていった。

「刃文は小乱《こみだれ》、小沸《こにえ》が目立っておる。銘は郷龍とある。目釘穴《めくぎあな》は二つあり、刃の長さは一尺九寸だ」

それも曲田は書き留めた。

「わしがいえるのは、これくらいか……」

「承知いたしました」

墨が乾くのを待って曲田は帳面を閉じ、懐にしまい入れた。

太郎兵衛、と真剣な声音で本山が呼びかけてきた。

「どうか、折尾摂津守郷龍を取り戻してくれ。頼む」

わかりました、と曲田は答えた。

「力を尽くします」

曲田は、南町奉行所きっての腕利きに探索させるつもりでいる。曲田の脳裏には、半刻《はんとき》ほど前に南町奉行所の大門のところで会ったばかりの樺山富士太郎の顔が浮かんでいた。

「太郎兵衛、どうか、よろしく頼む。番所一の手練《てだれ》に探させてほしい」

「承知いたしました」

ちらりと曲田を見た本山が、ふとため息をついた。その様子がどうにも気になり、曲田は本山にただした。

「相模守さま、ため息などつかれて、どうかされましたか」

「ああ、いや、なんでもない……」

作り笑いとしか思えない笑みを、本山が頬《ほほ》に浮かべた。

――相模守さまは、まだなにか隠していることがあるのではないか……。

曲田はそんな気がしてならなかった。だが、問い詰めたところで、本山はなにもいわないのではないか。

「相模守さま。とにかく最善を尽くします。どうか、吉報をお待ちになってください」

できるだけ力強い声で曲田はいい、最後の問いを放った。

「折尾摂津守郷龍ですが、もし好事家《こうずか》がほしがったとしたら、やはり三千両もの値がつくものなのですか」

いや、といって本山がかぶりを振った。

「実際に売り買いされるとしたら、そこまでの値はつくまい。今は景気がよいとは、とてもいえぬしな。ただし、それでも千両は下らぬであろう」

「ふむ、千両ですか……」

おそらく最も低く見積もってそのくらいなのだろうな、と曲田は思った。

「では相模守さま、それがしはこれにて番所に戻ることにいたします」

「太郎兵衛、急に呼び出して、まことに申し訳なかった。わしの無理な頼みを、よく快く引き受けてくれた。恩に着る」

深く頭を下げてきたものの、相変わらず本山はなにか鬱屈《うっくつ》した顔をしているように、曲田には見えた。

――折尾摂津守郷龍のことが、案じられてならぬのだろうが……。だが、相模守さまには、やはり別のなにかがあるような気がしてならぬ。

「相模守さま。それがしに、なにかおっしゃりたいことがあるのではありませぬか」

むっ、と本山が瞠目した。すぐに首を横に振った。

「いや、なにもないぞ。わしはおぬしにすべてを話した。話し漏らしたことは一つもない」

「さようですか」

納得しがたかったが、曲田にはどうすることもできない。本山に向かって辞儀する。

「では、これで失礼いたします」

すっくと立ち上がり、曲田は襖を開けて廊下に出た。後ろに本山が続く。

曲田が廊下を進んでくる気配を察したか、襖を開けて六兵衛が顔をのぞかせた。すぐさま曲田は六兵衛に声をかけた。

「六兵衛、戻るぞ」

「承知いたしました」

元気よく答えて、六兵衛が廊下に出てきた。

玄関の式台のところで、曲田は用人の漢之助から愛刀を受け取った。六兵衛も刀を腰に帯びる。

六兵衛が懐から取り出した雪駄を、曲田は履いた。六兵衛の体の温《ぬく》みをもらった雪駄はとても暖かかった。

——まるで、織田信長公と豊臣秀吉公の逸話《いつわ》のようではないか……。

曲田は、六兵衛を従えるようにして玄関を出た。曲田と肩を並べて、本山も敷石の上を歩いている。

「太郎兵衛……」

長屋門のくぐり戸のところまで来て、本山が声をかけてきた。瞬《まばた》きのない目で、曲田を見つめてくる。

「相模守さま、どうされました」

すぐさま曲田はたずねた。本山は、まるで死ぬ覚悟を決めたような顔をしているのだ。

——いったいなにゆえこのようなお顔をされているのか……。

「太郎兵衛、どうか、健やかに過ごしてくれ」

曲田には、本山の言葉が今生《こんじょう》の別れのように聞こえた。

――相模守さまは、もし折尾摂津守郷龍が見つからなければ、死ぬおつもりではあるまいか……。

危惧した曲田は咄嗟《とっさ》に本山にいった。

「相模守さま、決して短気を起こしてはなりませぬぞ」

死んでくれるな、という思いを込めて曲田はいった。

「もちろんだ。短気など起こすはずがない」

いかにも儚《はかな》げな笑みを、本山が見せた。むう、とその笑顔を目の当たりにして、曲田は声を上げそうになった。

――ずいぶん影が薄く感じられるな……。

まことに大丈夫なのか、と曲田は本山の身を危ぶんだ。

だが、これ以上、どういう風に声をかけるべきなのか、その言葉が曲田には思い浮かばなかった。

六兵衛を促し、吹きすさぶ寒風の中、曲田は南町奉行所に戻るしかなかった。

門の外に出た曲田は、凍えそうな顔をしていた二人の中間にねぎらいの言葉をかけ、馬上の人となった。

二

台所横の部屋は、冬になると畳がひどく冷たくなるが、今は座布団を敷いているおかげで、さほど冷えを感じずに済む。

実にありがたいものだね、と富士太郎は感謝の思いを抱いた。

――武家は座布団を敷かないというけど、それも昔の話だしね……。

座布団は、病人や年寄りのためにあるようなものだったが、今は誰でも使うようになった。町人たちにも広く行き渡るようになったと、富士太郎は聞いている。

――なんといっても、座布団があると楽だものね……。

座布団のありがたみをしみじみと感じつつ、富士太郎は口に入れたばかりのたくあんを、ぽりぽりと咀嚼《そしゃく》した。

「いい音ですね」

富士太郎の給仕をしている妻の智代が、にこにこしていった。

「えっ、なんのことだい」

たくあんをのみ込んで富士太郎はきいた。

「あなたさまのたくあんを嚙む音です」

「えっ、ああ、そうかい。音を立てるのは行儀が悪いというね。お坊さんも、音を立てずにたくあんを食べるそうだよ。もっとも、全員がそうするかはわからないけど。ああ、この近所のお寺の住職は、音を立ててたくあんを召し上がっていたね」

「私は、あなたさまのたくあんを嚙む音、大好きです。調子がよくて、いかにも健やかな感じがして、心地よささえ覚えます」

ふふ、と富士太郎は智代を見て笑った。

「智ちゃんは、おいらの妙なところが好きなんだね」

「いえ、私はあなたさまのすべてが好きなのです」

「そんなこといわれると、照れるなあ」

面を上げて、富士太郎は智代をまっすぐに見た。

「おいらも、智ちゃんのすべてが大好きだよ」

「ああ、うれしい……」

にっこりと笑った智代の顔が富士太郎にはいつものようにまぶしく見えたが、

産み月になった今、その笑顔は神々《こうごう》しさすら感じさせる。我知らず富士太郎は智代の顔に見とれた。

そのとき、裏口のほうから女のしわがれた声が聞こえてきた。

はっとして、智代がそちらを見る。富士太郎も我に返った。

「あの声は、お喜多《きた》さんですね」

「うん、そのようだね」

富士太郎は顎を引いた。

「お喜多は、いつものように智ちゃんのおなかの様子を見に来たんじゃないのかな」

お喜多は近所に住む産婆《さんば》で、智代のお産が近いということもあって、ここ最近、樺山家に繁《しげ》く足を運んでいる。

「きっとそうだと思います」

裏口のほうから、女同士の甲高《かんだか》い話し声が聞こえてきた。ちょうど裏口の近くにいたらしい富士太郎の母親の田津《たづ》が、お喜多の応対に出たようだ。

「智ちゃん、おいらのことはもういいから、あちらに行ってあげるほうがいいよ。お喜多は智ちゃんのおなかを見たがっているはずだから」

「はい、わかりました」

富士太郎は、すでに朝餉《あさげ》はほとんど食べ終え、あとは椀《わん》に少し残った納豆汁を飲み干すだけである。

それを見て智代が立ち上がり、頭を下げて部屋を出ていった。

――ああ、もう少しでおいらたちの赤子《あかご》が生まれるんだね……。

ふっくらとした体つきの智代を見送った富士太郎は、実感を持って思った。

――ほんと、母子ともに健やかであるなら、ほかになにも願うことはないんだよ……。

目を閉じて両手を合わせ、富士太郎は心の中で神仏に祈った。

目を開け、そばに置いてある火鉢に手をかざす。町奉行所に出仕するまで、まだ少しの余裕がある。

――ああ、暖かいね。

火鉢の火に当たると、気持ちがほっこりとする。この火鉢は、寒がりの富士太郎のために智代が台所から持ってきてくれたものだ。

産み月の妻に決して無理をさせまいと思っている富士太郎はあわてて智代を止めたが、少しは動いたほうがよいのです、と智代が言い張って持ってきたのである。

——ああ見えて、智ちゃんは意外に頑固《がんこ》だからね……。

胸中《きょうちゅう》で富士太郎は苦笑いを漏らした。しかし智代のおかげで、寒い思いをせずに済むのだ。

座布団をここに敷いてくれたのも智代である。富士太郎には深い感謝の思いしかない。

——さて、食べてしまおうか……。

手を伸ばして納豆汁の椀を取り、富士太郎は口をつけた。椀をそっと傾けると、納豆の甘みと味噌のこくのあるしょっぱさ、そしてだしの旨《うま》みが絶妙に絡《から》み合い、うなるようなうまさが口中に広がった。

——ああ、飲み干すのが惜しくなるほどだね。納豆汁って、どうしてこんなにおいしいんだろう……。

ふう、と息をついて富士太郎は空になった椀を膳の上に置いた。ごちそうさまでした、と手を合わせていい、すっくと立ち上がった。両手で膳を持ち、台所に持っていく。

台所の裏口のところでお喜多、智代、田津の三人が、笑いながら立ち話をしていた。

「ごちそうさまでした」

洗い場のそばに富士太郎は膳を置いた。

「あっ、樺山の旦那。おはようございます」

破顔したお喜多が、しわがれた声で呼びかけてきた。しわに埋もれたような顔をしたばあさんだが、まだまだ矍鑠《かくしゃく》としており、この界隈《かいわい》で出産となると、お喜多を頼りにする者は少なくない。

「おはよう。お喜多、いつもいつもありがとう。今日も、よく来てくれたね」

お喜多に近づき、富士太郎は笑顔でいった。ええ、とお喜多がにこにことうなずく。

「初産《ういざん》ですからねえ。智代さんのことが気になって仕方なくて……」

「智代のことを気にかけてくれて、おいらはとてもうれしいよ」

「なんといっても、智代さんはとてもいい方ですからね。あたしは、自分の娘のように思えて……。いえ、あたしの歳からしたら、孫でしょうかね」

ふふ、と富士太郎は小さく笑った。

「いずれにせよ、お喜多が智代をかわいく思ってくれているのは、とてもありがたいことだよ」

笑顔で富士太郎はいった。

「樺山の旦那にそうおっしゃっていただくと、あたしもうれしいですよ」

お喜多がしわを深めて笑う。

「それでお喜多。肝心な話なんだけど……」

「ああ、いつ頃、赤子が生まれるかということですね」

勘よくお喜多が先回りする。

「うん、その通りだよ」

真顔になって富士太郎はお喜多を見つめた。

「私が見たところ、智代さんは申し分ないほど良好ですよ。この分なら、必ず元気な赤子が生まれてきます」

確信の込もった口調でお喜多がいった。

——ああ、なんて心が弾む言葉だろう。

お喜多の言葉を聞いて、富士太郎は胸をなで下ろした。

すぐにお喜多が言葉を継ぐ。

「おそらく、あと十日以内にはお子が生まれるでしょうね」

自信ありげな顔でお喜多が告げた。

「えっ、あと十日以内かい」

喜びの波が富士太郎の心中を浸《ひた》していく。

「ということは、生まれるまで、もしかしたら、あと七日もかからないかもしれないということだね」

「ええ、そうなりますね」

富士太郎を見て、お喜多が点頭した。

「一番に日がかかって、十日ということですから……」

「なら、本当にもう少しだね」

ついに赤子が生まれるという思いが、富士太郎の胸にぐっと迫ってきた。

「樺山の旦那も、じきに立派な父親になるってことですよ」

「立派かどうかはわからないけれど、おいらが父親になるのはまちがいないようだね」

「ええ。健やかな赤子が生まれるでしょう」

「そいつはなによりだ。お喜多にそれだけ自信があるってことは、出産のときには赤子だけでなく、智代の身にもなにもないってことだね」

特に知りたかったことを富士太郎はきいた。

「ええ、それも大丈夫です。あたしがついていれば、なにも起きはしません」

きっぱりといって、お喜多が自らの胸をどんと叩いた。

「なんといっても、あたしはこれまでしくじりなんて、したことがありませんから。どんな難産になっても、無事に赤子を産ませてきましたよ」

誇らしげな表情でお喜多がいった。実際、この界隈の者がお喜多を常に頼りにしているのは、ほかの産婆とは腕が、まるでちがうからである。

「うちの近所にお喜多がいてくれて、これ以上、心強いことはないよ」

「ですから樺山の旦那も智代さんも、そして田津さんも、大船に乗った気持ちでいてくださいね」

「うん、心得た」

笑顔で富士太郎は答えた。智代も田津もうれしそうに笑っている。

「あなたさま、そろそろ出仕《しゅっし》なされないといけないのではありませんか」

智代にいわれ、富士太郎は今から仕事に出かけなければならないことを思い出した。

「ああ、そうだったよ」

少しのんびりしすぎたようだ。富士太郎は背筋を伸ばして、しゃんとした。

――ああ、もっと智ちゃんと一緒にいたいねえ。赤子が生まれるまで、ずっとそばについていてやりたいよ……。

しかし、富士太郎は定廻り同心として今日も江戸の町を見回らなければならない。それはおのれの使命である。

昨日、空から降ってきたという願人坊主の身元を、明かさなければならない。それができない限り、下手人捜しはむずかしい。

――よし、出仕するよ。

富士太郎は丹田《たんでん》に力を込めた。

――今日すべきことは、なんとしても、下手人を捜し出すことだよ……。

「では、行ってきます」

富士太郎は三人の女に告げた。

「行ってらっしゃい」

三人の女が同時に笑顔でいった。その中で、智代だけが富士太郎のあとについてきた。富士太郎を見送ってくれるようだ。

智代が門のところまで来て、立ち止まった。智ちゃん、と富士太郎は愛しい妻を呼んだ。

「雄哲先生にいくら体を動かしたほうがいいっていわれたからといって、無理は禁物《きんもつ》だよ。わかったかい」

「ええ、よくわかっています」

真剣な顔で智代がうなずいた。

「智ちゃんは大事な時なんだからね。できるだけ、体をいたわるんだよ」

「はい、私だけの体でないのは、よくわかっていますから……」

「うん、それならいいんだ」

富士太郎は首を縦に振ってみせた。

「じゃあ智ちゃん、名残惜《なごりお》しいけど、行ってくるよ」

「はい、行ってらっしゃいませ。あっ、あなたさま——」

懐から取り出した手ぬぐいを、智代が富士太郎の首に巻いてくれた。首のあたりが一瞬で暖かくなった。

「ああ、ありがとう。とても心地いいよ」

智代の気遣いが、富士太郎は跳び上がらんばかりにうれしかった。

「あなたさまに喜んでもらえて、私もとてもうれしいです」

「じゃあ、行ってくるよ」

笑顔で門を出た富士太郎は、南町奉行所を目指して歩きはじめた。しばらく足を進めて振り返る。門の前に智代が立ち、こちらをじっと見ていた。富士太郎と目が合うや、手を振ってきた。

その智代の仕草があまりにかわいらしく、富士太郎もすぐに手を振り返した。いつまでも手を振り続けていたかったが、町奉行所に出仕するほかの者の目もあり、仕方なく富士太郎は前を向いた。

――ああ、もっと智ちゃんの顔を見ていたいねえ。しかし、おいらがこんなに智ちゃんのことが好きでならないのはどうしてかねえ。

女房が一番に好きだなんて、おまえはどうかしているのではないか、と前に同僚にいわれたこともある。

――しかし、おいらはほかの女なんて、目に入らないものねえ。いつもいつも智ちゃんだけを見ているもの。

自分の女房が好きでないなんて、と富士太郎は歩きながら思った。

――それは、むしろそっちのほうがおかしいのさ。

南町奉行所への道を歩いていると、不思議なことにやる気が全身に満ちてきた。

早朝の冷たい風が吹き寄せてきているものの、智代の手ぬぐいのおかげで、大して寒さを感じない。

――よし、今日もがんばるよ。必ず、あの願人坊主の身元を明らかにしてやるよ。下手人も、きっと捕まえてみせるよ。

気分を新たにした富士太郎は、ずんずんと足早に歩いた。

三

南町奉行所の大門が見えてきた。富士太郎はさらに歩を速めた。

一礼して大門をくぐった。町奉行所の大門は長屋門になっており、その長屋内に同心詰所は設けられている。

首の手ぬぐいを取って袂《たもと》に落とし込んでから、富士太郎は詰所につながる出入口を入り、寒気がぎゅっと押し込められているかのような廊下を進んだ。

「失礼します」

中に声をかけてから、富士太郎は詰所の戸を開けた。

しかし、まだ誰も来ていなかった。詰所はがらんとしており、悪寒《おかん》のように体を震わせる冷気がどっしりと居座っていた。

――お喜多たちとおしゃべりしていてだいぶ遅くなったと思ったけど、今朝もおいらが一番乗りだったか……。

いつものように大火鉢に炭を熾し、それから詰所の掃除をはじめた。掃除が済むと、炭が熾きてきた大火鉢に五徳《ごとく》をのせ、その上に水を張った鉄瓶《てつびん》を置いた。これで湯が沸けば、先輩同心たちが出仕してきたとき、すぐに茶を淹《い》れられる。

文机の前に座り、富士太郎は今日一日の段取りを思案《しあん》した。

すると、先輩同心たちが次々に出仕してきた。すぐさま立ち上がり、富士太郎は朝の挨拶をかわしたのち、先輩たちのために茶を淹れてまわった。

茶を喫しながら先輩たちと談笑していると、住吉《じゅうきち》が詰所に姿を見せた。

住吉は、富士太郎の上役である荒俣土岐之助の小者をつとめている男だ。敷居際で誰かを捜すような目をしたが、すぐに富士太郎に向かってまっすぐ近づいてきた。

――ああ、おいらに用事なんだね。

同僚との談笑をやめ、富士太郎は住吉を見つめた。富士太郎の間近まで来て、住吉が膝を折った。

「樺山さま、おはようございます」

住吉が丁寧に挨拶してきた。

「住吉、おはよう」

座したまま富士太郎も挨拶を返し、すぐにたずねた。

「荒俣さまがお呼びかい」

「さようでございます。樺山さま、一緒にいらしてくださいますか」

「もちろんだよ」

すぐさま立ち上がった富士太郎は住吉に先導されて土岐之助の詰所の前にやってきた。

「荒俣さま、樺山さまがいらっしゃいました」

腰高障子越しに住吉が中に声をかける。

「入ってもらってくれ」

土岐之助の穏やかな声がし、承知いたしました、と答えて住吉が腰高障子を開ける。

大きな文机の前に土岐之助が座しており、富士太郎に顔を向けてきた。

失礼いたします、と断って富士太郎は敷居を越え、土岐之助と向かい合う場所に静かに端座した。

「おはようございます」

土岐之助に向かって富士太郎は頭を下げた。

「うむ、おはよう」

にこやかに土岐之助がいった。

「昨日のそなたの留書を読んだが、願人坊主が空から降ってきて死んだとのことだな」

「はい、さようにございます。死んだのはこの男でございます」

懐から人相書を取り出し、富士太郎は土岐之助に渡した。

人相書に目を落とし、土岐之助がしげしげと見る。

「ふむ、どこにでもいそうな男だな。歳は三十前後というところか……」

「それがしも、そのくらいだと思います。身元がまだわからぬために、はっきりとはいたしませぬが……」

「そなたは、まずこの男の身元を明らかにしようと考えているのだな」

はっ、と富士太郎は答えた。

「それが下手人捕縛《ほばく》への一番の早道ですから」

そうか、と土岐之助がつぶやいた。

「だが、今日はその役目、他の者に譲ってもらうしかなさそうだ」

「えっ、どういうことでございましょう」

富士太郎には、今の土岐之助の言葉は意外なものでしかなかった。

「実は富士太郎、御奉行がそなたのことをお呼びなのだ」

「御奉行が……」

「そうだ。詳しい話はわしもまだうかがっておらぬが、そなたに頼みたいことがあるようなのだ」

「頼みたいことでございますか」

「富士太郎、一緒に来てくれ」

「はい、承知いたしました」

富士太郎は立ち上がった。昨日の暮れ六つ過ぎに、大門のところですれちがった曲田の姿が脳裏をよぎっていく。

――あのとき御奉行は、浮かないお顔をされていたように見えたが……。

あの曲田の表情と今回のこの呼び出しは、関係あるのだろうか。ないはずがないね、と富士太郎は思った。昨日、出かけていった曲田は、なにか面倒に巻き込まれたのではあるまいか。

富士太郎は、土岐之助の詰所をあとにした。土岐之助の後ろについて廊下を歩く。

「富士太郎、寒いな」

顔を前に向けたまま土岐之助がいった。

「はい、まことに寒うございます」

「富士太郎は寒がりだったな」

「はい、江戸で一番の寒がりだと自負《じふ》しております」

ふっ、と土岐之助が小さく笑い、ちらりと振り向いてきた。

「いや、残念ながら富士太郎は二番だな」

すぐに土岐之助が前を向く。

「えっ、さようにございますか。では、一番は誰でございますか」

すでに富士太郎には見当がついていたが、あえてたずねた。

「わしだ。富士太郎、わしが今、いったい何枚、着込んでいるか知っておるか」

「いえ、存じませぬ。何枚でございますか」

「この羽織を入れて、五枚だ」

羽織の袖《そで》を持ち上げて、土岐之助が答えた。

「できれば袴《はかま》の下に股引《ももひき》を穿《は》きたいくらいだが、さすがに番所内でできることではないゆえ、我慢しておる……」

「我慢でございますか。荒俣さまは、もしや非番のときは穿いておられるのではありませぬか」

「よくわかるな」

振り返って土岐之助が富士太郎を見る。

「定廻り同心のそなたはいつも着流し姿でいるが、袴を穿かぬとなると、さぞかし寒かろう。富士太郎、同情するぞ」

「正直に申し上げれば、それがしも、いつも股引を穿きたいと思っております」

そうであろうな、と土岐之助がいった。

「富士太郎、この時季の寒さは辛いな」

「まったくでございます」

前を行く土岐之助の背中を見つめつつ、富士太郎は大きくうなずいた。

気づくと、すでに、あと三間ばかりで曲田の執務部屋というところまで、富士太郎たちは来ていた。

内与力の大沢六兵衛が、執務部屋の襖の前に座している。六兵衛は平然とした顔をしているが、廊下にじかに座ったのではさぞ冷たいだろうね、と富士太郎は思った。できたら、座布団を敷かせてやりたかった。

「これは荒俣さま、樺山さま」

富士太郎たちに気づいて、端座したまま六兵衛が頭を下げてきた。

「御奉行が樺山をお呼びと聞き、同道しました」

腰をかがめて土岐之助が六兵衛に告げた。

「早速のお越し、かたじけなく存じます。御奉行は、お二人をお待ちでございます」

中にいるはずの曲田に声をかけることなく、半身になった六兵衛が手を伸ばし、するすると襖を開けた。

「御奉行、お越しにございます」

「うむ、よく来た」

文机の前に座る曲田が富士太郎たちに目を当て、快活な声を投げてきた。

「二人とも入ってくれ」

失礼いたします、と口にして、まず土岐之助が執務部屋に足を踏み入れた。続いて、富士太郎も敷居を越えた。すぐさま背後で襖が閉じられる。

「座ってくれ」

曲田にいわれ、土岐之助が端座する。その斜め後ろに富士太郎も座した。

「樺山、もそっと前に出よ」

曲田に促されて富士太郎は、土岐之助と肩を並べる位置に膝行《しっこう》した。

「それでよい」

満足そうに曲田がうなずいた。

「そこなら、火鉢が近くて暖かかろう」

曲田の言葉を聞いて富士太郎が改めて目をやると、眼前に火鉢が置かれ、中で炭が赤々と燃えていた。

これはうれしいな、と富士太郎は思った。

「はい、まことに暖かでございます」

「誰がつくったかは知らぬが、火鉢とは実にありがたいものよ」

柔和《にゅうわ》な笑みを浮かべて、曲田が火鉢に左手を伸ばした。

「なんでも、火鉢は奈良に都が置かれた頃からあるそうだ」

「えっ、火鉢とはそんなに古くからあるものなのですか」

感嘆の思いを露わに土岐之助が問うた。

「その当時は炭櫃《すびつ》、火櫃《ひびつ》、火桶《ひおけ》とも呼ばれていたらしいが……」

「さようでございましたか」

曲田を見つめて富士太郎は相槌を打った。富士太郎に眼差しを注いだ曲田が、こほん、と軽く咳払いをした。

「いや、二人に来てもらったのは、そのようなことをいうためではなかった」

表情を引き締め、曲田が真顔になった。

「樺山、昨日、わしは大門のところでそなたと会った」

「はい、よく覚えております」

「あの折り、わしは本山相模守さまの屋敷に赴こうとしていたのだ」

「本山相模守さまとおっしゃると、寺社奉行の相模守さまでございますか」

これは土岐之助がたずねた。

「そうだ。わしは本山相模守さまと幼馴染みでな、昨日は向こうが呼んできたのだ。そのようなことは滅多になく、わしは本山相模守さまのご用件がなんなのか、頭を巡らせたが、思い当たるものはなかった」

それで浮かぬ顔をされていたんだね、と富士太郎は納得した。

「昨日、わしは二合半坂の上屋敷で本山相模守さまと会い、お話をうかがった」

わずかに身を乗り出し、曲田が富士太郎に精悍《せいかん》な顔を近づける。

「おぬしらに念を押すまでもないが、今から申すことは他言無用だ」

「わかりました」

「承知いたしました」

土岐之助と富士太郎はほぼ同時に低頭した。

うなずいた曲田が、本山相模守とどんな話をしたか、詳《つまび》らかに語った。

聞き終えた富士太郎は、驚愕するしかなかった。

声を低くして、土岐之助が曲田にすぐさまきく。

「六日前の晩、本山相模守さまは拝領刀を盗っ人に盗まれたというのですか」

「そうだ」

「御奉行、六日前というのは、まちがいないのでございますか」

富士太郎も声を抑えてたずねた。

「そうだ。確かに時が経っておる。実はな、本山相模守さまはご自分でなんとかしようと考えておられたのだ」

「そういうことでございますか」と富士太郎は思った。

もっと早く知らせてくれたら、同じことをお考えになったにちがいないよ……。

——きっと御奉行も昨日、同じことをお考えになったにちがいないよ……。

すぐに曲田が先を続けた。

「まずいことに、明日には上さまに折尾摂津守郷龍をご覧いただくことになっておる」

なんと、と富士太郎は腰が浮きそうになった。それは、あまりに頃合いがまずすぎる。

「それは時がありませぬな」

眉間《みけん》にぎゅっとしわを寄せて、土岐之助がいった。

「その通りだ」

土岐之助を見て曲田が肯定する。

「しかし荒俣、樺山。なんとしても折尾摂津守郷龍を取り戻し、本山相模守さまのもとに返さねばならぬ。樺山——」

鋭い声で曲田が呼びかけてきた。はっ、と富士太郎はかしこまって答えた。

「そなたに、本山家伝来の家宝である折尾摂津守郷龍の行方を追ってもらいたいのだ。しかし、荒俣がいうようにあまりに時がない。樺山、やれるか」

とりあえず富士太郎は即答を避け、曲田に問いを発した。

「御奉行、明日、本山相模守さまが上さまにお目にかかるのは、何刻《なんどき》ということになっておりましょう」

「昨日、聞いたところによると、千代田城で暮れ六つにお目にかかるとのことだ」

本山相模守さまは登城《とじょう》されるのか、と富士太郎は思った。

「本山相模守さまの上屋敷は、元飯田町の近くでございましたね」

そうだ、と曲田がいった。

「本山家の上屋敷は千代田城の田安門《たやすもん》に近いゆえ、折尾摂津守郷龍を届けるのが最も遅くなったとしても、夕方の七つに上屋敷にあれば、なんとかなるのではないかな。仮にそのときに本山相模守さまがすでに登城されていても、折尾摂津守郷龍を家臣に預ければよいだろう。なんなら、わしが千代田城に持っていってもよい」

それが一番早いかもしれないね、と富士太郎は考えた。

「では御奉行」

　声を高くして富士太郎は曲田にたずねた。

「明日の七つまでに、本山相模守さまの上屋敷に折尾摂津守郷龍を持っていけば、よろしいということですね」

「そうだ」

　富士太郎を凝視して、曲田が大きく顎を引いた。

「樺山、やれるか」

　間髪を容れずに曲田がきいてきた。こういうときは責任を逃れるためにも、最善を尽くします、というべきだろうが、自分を頼りにしてくれた曲田のために、富士太郎はそんな言葉を口にする気はなかった。

「やれます」

　曲田に向かって、富士太郎はきっぱりと告げた。それを聞いた曲田の顔が、まるで朝日を浴びたかのように輝いた。

「そうか、やれるか」

　曲田が富士太郎を頼もしげに見る。

「樺山、頼んだぞ。折尾摂津守郷龍を見つけてくれ」

「承知いたしました」

富士太郎は深くこうべを垂れた。

「それで御奉行、折尾摂津守郷龍はいったいどのような刀なのですか」

富士太郎は刀の特徴をきいた。

「樺山、これを持っていってくれ」

一枚の紙を曲田が手渡してきた。それを受け取り、富士太郎は目を落とした。

刃の長さや刃文だけでなく、拵え、鍔、鞘について詳しく書かれていた。

折尾摂津守郷龍というのがどんな刀なのか、この一枚の紙のおかげで、富士太郎にはよく理解できた。

樺山、と曲田が呼びかけてきた。

「もしそなたが本山相模守さまにお目にかかりたいのなら、文を書くが……」

できたらじかにお話を聞きたいものだが、と富士太郎は思った。

――しかし、寺社奉行の要職にある人物に、いくら御奉行の文があるからといって、一介《いっかい》の町奉行所の同心が、おいそれと会えるとは思えないねえ……。

それに今は、本山相模守に会っている余裕はない。

「いえ、それについては、ご遠慮いたしたく存じます」

曲田に目を当て、富士太郎は丁重《ていちょう》に断った。

「今は、折尾摂津守郷龍を探し出すことに専心《せんしん》したいと思います」

「そうだな。確かに、本山相模守さまに会っているあいだの時すら惜しい……」

合点がいったように曲田が首を縦に振った。顔を向け、富士太郎は土岐之助を見た。そろそろ引き上げるとするか、と土岐之助が目で語りかけてきた。

「本山相模守さまを、わしはなんとしても死なせたくないのだ」

強い口調で曲田がいい、富士太郎はその口元に眼差しを注いだ。

「もし折尾摂津守郷龍が見つからねば、本山相模守さまは腹を切るしかなくなる」

御奉行のおっしゃる通りだね、と富士太郎は暗澹《あんたん》として思った。

——どうしても、そうならざるを得ないだろう……。

「本山相模守さまはとても気持ちのよい人物で、その上、学問も素晴らしくできた。わしも幼い頃からずっと、本山相模守さまのようになりたいと思ったものだ」

御奉行とはそれほど気心の知れた付き合いなのか、と富士太郎はそのことをいま初めて知った。

「まだ幼い頃から本山相模守さまはとにかく書物が好きで、蘭学にすら手を伸ばしていたくらいだ。その上、剣術の腕も相当のものだった。そのあたりを、上さまがことのほかお気に召したのだ。わしは、拝領刀を盗まれたくらいで死なせるには、あまりに惜しい人物だと思うのだ……」

無念そうに曲田が言葉を途切れさせた。富士太郎は曲田をじっと見たまま、なにもいわなかった。土岐之助も口を挟むことをせず、曲田を見守っている。

五年前に、と曲田が不意に口を開いた。

「前の奥方を病で失って以来、本山相模守さまは人変わりをしてしまった。気持ちがひどく落ち込んで、憔悴《しょうすい》されたのだ。顔色もすぐれず、このままではいつか病に倒れてしまうのではないかと、わしは案じておった」

そうだったのか、と富士太郎は思った。そこまでやつれ果てるなど、本山相模守はよほど前の奥方に惚《ほ》れていたにちがいない。

――そのお気持ちは、おいらにもよくわかるよ。おいらも、もし智ちゃんに死なれたら、どこまで落ち込んでしまうものか、わからないものね……。

何年も泣いて暮らすことになるのではあるまいか。

富士太郎が面を上げると、曲田が富士太郎と土岐之助をじっと見てきた。

「では樺山、よろしく頼んだぞ」

瞳に力を込め、曲田がいった。

「はっ、承知いたしました」

うむ、とうなずき、曲田がすっくと立ち上がった。右手の襖を開け、部屋を出ていく。これから、千代田城への登城の支度をするのであろう。

「よし、富士太郎。いったん詰所に戻るとするか」

土岐之助にいわれ、はっ、と答えて富士太郎は立った。土岐之助も腰を上げる。

富士太郎は、土岐之助とともに曲田の執務部屋を出た。廊下に六兵衛がまだ座していた。

「では、これで失礼いたします」

丁寧な口調で、土岐之助がいった。ご苦労に存じます、と六兵衛が頭を下げてきた。

四

曲田の執務部屋を辞した富士太郎と土岐之助は、廊下を足早に歩いた。

富士太郎、と土岐之助が呼びかけてきた。

「空から降ってきた願人坊主のことだが、他の者に当たらせるゆえ、そなたは御奉行に命じられた通り、折尾摂津守郷龍の行方を追ってくれ」

「はっ、承知いたしました」

「富士太郎、折尾摂津守郷龍を見つけ出すのはさぞかし大変だろうが、なんとしてもがんばってくれ。もし他の者の手を借りたいのなら、できる限り回すぞ」

「ありがとうございます。でしたら荒俣さま、お言葉に甘えてもよろしいでしょうか」

「うむ、なにかな。——いや、歩きながら話すのもなんだ。わしの詰所で話そう」

廊下を歩くと、やがて詰所の前に律儀《りちぎ》に座している住吉の姿が見えてきた。

「ああ、お帰りですか」

笑みを浮かべて住吉がいい、腰高障子を開けた。富士太郎と土岐之助は詰所に入った。背後で腰高障子が閉じられる。

土岐之助が文机の前に座し、富士太郎は向かいに端座した。

「手を借りたいということであったが、富士太郎、なにをしてほしいのだ」

前置きなしで土岐之助がきいてきた。富士太郎は即座に口を開いた。

「もし金目当てで盗賊が折尾摂津守郷龍を盗んだのなら、端から目当ての好事家のところに持っていったか、そうでなければ、市中の骨董商や刀剣商に持ち込んだのではないかと思われます。ですので、それがしは、まず縄張内の骨董商や刀剣商を回ってみるつもりですが……」

瞬きのない目で、土岐之助が富士太郎をじっと見てくる。

「今日明日の二日で江戸中の骨董商、刀剣商を富士太郎と伊助で回りきるのは、まず無理であろう。よし、わかった。できるだけ大勢《おおぜい》の者を出し、富士太郎の縄張外にある骨董商や刀剣商を当たらせることにいたそう」

「ありがたいお言葉にございます。荒俣さま、どうか、よろしくお願いいたします」

富士太郎は深く頭を下げた。

「うむ、任せておけ」

胸を叩くように土岐之助が請け合った。

「では、それがしは今から折尾摂津守郷龍探しに取りかかります」

「富士太郎、頼んだぞ。しかし結局のところ、どれほど大勢の者を繰り出しても、頼りになるのはそなただけだろう。わしはそんな気がしてならぬ」

「いえ、そのようなことはないと思います。番所内にはほかにも腕利きの者が、いくらでもいらっしゃいますから」

「確かにその通りだが、そなたは我が南町奉行所にとって希望の星だ。たいていの場合、そういう者が手がかりを摑んだり、手柄《てがら》を立てたりするように、この世はできているものだ」

すぐに土岐之助が言葉を継ぐ。

「それで富士太郎、空から落ちて死んだ願人坊主の件だが、まずは身元を明らかにすることが肝心なのだな」

「それがしはそう思います」

「わかった。願人坊主の一件を任せる者には、そのあたりを特に留意させて、探索に当たらせることにしよう」

「荒俣さま、どうか、よろしくお願いいたします。では、それがしは、これより折尾摂津守郷龍を探しにまいります」

一礼した富士太郎はすっくと立ち上がり、腰高障子を開けて土岐之助の詰所を出た。

「樺山さま、行ってらっしゃいませ」

廊下に座したまま住吉が頭を下げてきた。

「うん、行ってくるよ」

住吉に返して、富士太郎は廊下を歩きはじめた。町奉行所の玄関を出る。

大門のところで待っていた伊助に、富士太郎は声をかけた。

「伊助、遅くなって済まなかったね」

「いえ、なんでもありませんよ」

にこにこと伊助が富士太郎を見た。

「伊助、今からおいらは、御奉行じきじきの頼まれごとをしなければならないんだ」

「御奉行からじきじきに、ですか。樺山の旦那、いったいどんなことでしょう」

興味津々という目を伊助が向けてきた。

「伊助、これからいうことは他言無用だよ」

「へい、承知いたしました」

真剣な顔で、伊助が深くうなずいた。南町奉行所前の道はいつものように多くの者が行きかっている。訴訟のためなのか、南町奉行所の門を入っていく者も少なくない。

誰にも聞こえないように富士太郎は声を低め、委細《いさい》を伊助に告げた。

「えっ、盗っ人に取られた名刀探しをするのですか」

驚いたらしいが、伊助がささやくような声で返してきた。

「そうだ」

伊助を見つめて富士太郎は首肯した。

「明日の夕方の七つまでに、本山相模守さまの上屋敷に、折尾摂津守郷龍を届けなければならないんだ」

「でしたら、あまり時がありませんね」

「ああ、とにかく急がなきゃならないんだ」

「それで樺山の旦那、これからどうするんですか。なにか手立てをお考えですか」

「とりあえず、市中にある骨董商や刀剣商を回ろうと思っている」

「ああ、なるほど」

合点がいったようで伊助が点頭する。

「わかりました。では樺山の旦那、早速まいりますか」

うん、と富士太郎は顎を引いた。

「伊助は市中の骨董商や刀剣商の場所について、詳しいかい」

「ええ、十軒以上は知っています。まず最も近い刀剣商に行って話を聞き、その後は芋蔓《いもづる》を手繰《たぐ》るように別の店を紹介してもらうのが、よい手立てなのではないかと思います」

「ああ、それはよい手だね」

すぐさま富士太郎は賛同した。

「よし伊助、はじめようか」

「はい、わかりました」

元気よく伊助が答えた。

「しかし明日の七つまでに届けるだなんて、樺山の旦那の背中にかかる責任は相当に重いものですね」

「だから、伊助もがんばっておくれよ。おいらは御奉行に必ず見つけるって大見《おおみ》得《え》を切ってしまったし、折尾摂津守郷龍を刻限どおりに届けられなければ、本山相模守さまは切腹されてしまうかもしれない……」

——いや、御奉行がおっしゃっていた通り、まちがいなく御腹を召されるだろう。

死んだ奥方のことを思って憔悴するような人を、死なせるわけにはいかないよ、と富士太郎は思った。

南町奉行所の大門を離れた富士太郎は、伊助とともに江戸の町を回り、骨董商や刀剣商を次々に当たっていった。

天下の名刀である折尾摂津守郷龍が盗まれたことを公にするわけにはいかず、その名を出すことなく、特徴だけを告げて店主や番頭たちにきいていく。

空振りを何度も繰り返したのち、日暮れ前になり、ついに目当ての折尾摂津守郷龍を見つけることができた。

神田《かんだ》平永町《ひらながちょう》にある矢間波屋《やまは》という刀剣商の暖簾《のれん》をくぐり、店主に会ったときのことである。

店の三和土に立った富士太郎は店主に、折尾摂津守郷龍の特徴を話した。

「その刀はまさか――」

そんな言葉を口にした店主が、すぐにかぶりを振った。

「ああ、いえ、なんでもありません」

店主があわてていった。

「おまえさん、なにか知っているね」

骨董商や刀剣商を回り続けて初めて手応えを感じ、富士太郎は胸が高鳴った。

「いえ、なにも存じません」

「いや、そんなことはないよ。おまえさん、なにか知っているにちがいないんだ」

店主を見据えて、富士太郎は決めつけるようにいった。

「もしまだしらを切るつもりなら、番所に引っ立てるしかないね。――これでもおまえさん、まだしらばっくれる気かい」

「えっ、御番所でございますか」

額ににじみ出たらしい脂汗を、店主が袂から取り出した手《て》拭《ふ》きでぬぐった。

「ああ、そうだよ。引っ立てて、厳しく詮議《せんぎ》をするよ」

富士太郎としては、こんな脅しのような言葉を使いたくはなかったが、今は非常のときである。仕方なかった。

「わかりました」

小さな声でいった店主がうなだれる。面を上げて富士太郎を見つめてきた。

「あの、一つおうかがいしたいのですが、いまお役人がおっしゃったのは、折尾摂津守郷龍のことでございますね」

「ああ、そうだよ。おいらたちは折尾摂津守郷龍を探しているんだ」

「探しているとおっしゃいますと」

「六日前の晩、持ち主の屋敷から盗み出されたんだ」

「えっ、そうなのでございますか」

店主は心の底から驚いたような顔になった。

「知らなかったのかい」

「はい、そのようなことがあったなど、一向《いっこう》に存じませんでした」

「とにかくこの店に折尾摂津守郷龍はあるんだね。見せてもらえるかい」

「は、はい、承知いたしました」

辛そうな顔でため息をつき、店主が顔を上げた。

「こちらにいらしてください」

富士太郎は店主のあとに続いた。三和土の沓脱《くつぬぎ》で雪駄を脱ぎ、板の間の部屋に上がる。

「伊助はそちらで待っていておくれ」

「承知いたしました」

三和土に立つ伊助にうなずいておいてから、富士太郎は店主の案内で奥の座敷に入った。

「こちらです」

刀架に、刀袋に入った刀がかけられている。

「これが折尾摂津守郷龍かい」

「さようです」

「見せてもらっていいかい」

「どうぞ」

刀袋から刀を取り出し、富士太郎はじっと見た。曲田から聞いた通りの拵えである。

鞘は朱で、梨地塗の龍が施されている。鍔にも、金で龍が描かれ、柄は鮫皮に黒漆が塗られて白糸で巻かれていた。

「よし、抜くよ」

店主にいい置いて、富士太郎はそっと抜刀した。その瞬間、息をのみそうになった。

「こ、これは……」

富士太郎は、決して刀に造詣《ぞうけい》が深いわけではない。しかし、この刀の素晴らしさは一見して解することができた。

――すごいね。拝領刀というのは、こんなにも美しくて、神々しいものなんだね。ああ、紛れもなく本物だよ……。

刃文は小乱《こみだれ》、小沸《こにえ》が目立っている。これも折尾摂津守郷龍の特徴と合致している。

店主から目釘抜きを借り、二つある目釘を外した。とんとんと手首を拳で打ち、柄から刀身を外した。富士太郎は茎《なかご》に目をやった。

そこには、郷龍と銘が彫り込んであった。

――うむ、これも合っているね。

確認した富士太郎は茎を柄に入れ、二つの目釘も戻した。

「さて、刃の長さはどうかな……」

つぶやいて、富士太郎は折尾摂津守郷龍をじっと見た。

「一尺九寸というところかな……」

あまり長いとはいえない刃の長さも、折尾摂津守郷龍の特徴と一致している。

「うむ、まちがいないね」

確信を抱いた富士太郎は、やったよ、と躍り上がりたい気分になったが、折尾摂津守郷龍を手にしている今、そんな大仰《おおぎよう》な真似をするわけにはいかず、ほっと安堵の息をつくだけにしておいた。

「ところで、この刀は誰が持ち込んだんだい」

すぐさま冷静さを取り戻し、富士太郎は店主にただした。

「それが、まったく知らないお方から買い上げましてございます」

富士太郎は折尾摂津守郷龍を鞘にしまい、店主に返した。恭《うやうや》しく受け取った店主が折尾摂津守郷龍を刀架にそっと置く。

「見も知らぬ者が、これだけの名刀を持ち込んできたのかい。そういうことは、よくあるのかい」

「はい、ございます」

折尾摂津守郷龍をじっと見て、店主があっさりと肯定した。

「素晴らしい出来の愛刀を買い取ってほしいと訪ねてこられる見ず知らずのお方は、いくらでもいらっしゃいます……」

——ふむ、そういうものなのか。

「ところで、そんな取引は帳面に残さないんだろうねえ」

「いいえ、帳面には残します。ただ、どなたから買い取ったというようなことは、いっさいなにも記しません」

「名もきかないし、どこに住んでいるかもきかないってことかい」

「さようにございます」

——記録を残すように法度《はっと》をつくらなきゃ駄目じゃないのかな。

法度で庶民をがんじがらめにするのは富士太郎もいやだが、この手のことについては法度を定めたほうがいいような気がする。

腕組みをして、富士太郎は次になにを問うか考えた。

「それで、この刀を売りに来たのは、どんな人物だったんだい」

「お武家でございました」

なんでもないことのように店主が答えた。

「武家だって」

我知らず声が裏返りそうになった。富士太郎の思ってもみなかったことだ。

──盗っ人は侍だったというのかい……。

「その武家は、いつ売りに来たんだい」

気を取り直して富士太郎はたずねた。店主は少し考える素振りを見せた。

「確か五日前だったと思います……」

本山屋敷に盗っ人が入った翌日か、と富士太郎は考えた。

「それでおまえさん、その武家の顔を覚えているかい」

やや強い口調で富士太郎はきいた。

「いえ、あまりよくは覚えていません」

申し訳なさそうに店主がかぶりを振る。

「品物を売りに来たお方の顔を、まじまじと見るような真似はいたしませんので……」

──ふむ、そういうものなんだろうね。

店主を見やって富士太郎は納得した。

「ところで、この刀はいくらで買い取ったんだい」

むっ、と店主がうなり、いかにもいいにくそうな顔になる。富士太郎は黙って待った。

「三十両です」

仕方なさそうに店主が答えた。その値を聞いて、ええっ、と富士太郎はその場でぴょんと跳ねそうになった。

「名刀中の名刀が、たったの三十両かい」

三十両は大金だけに、たったのというのはおかしいが、曲田は三千両の値がついてもおかしくない、といっていた。

——最も控えめに見て、千両は下らないというお話だったものね……。

「ええ、その刀はまちがいなく天下に誇る名刀ですが、手前が買い取らしていただいた額は三十両でした」

「売りに来たその武家は、それでよいといったのかい」

「そのお武家は、いますぐ、まとまったお金がほしいとおっしゃいまして。どうも切羽詰《せっぱつ》まった様子でした……」

つまり、と富士太郎は店主を見据えるようにして思った。この店主はその武家の足元を見て、安く買い叩いたのだろう。

「その武家は名乗らなかったんだろうね」

「はい、名乗られませんでした」

「それまで一度もこの店に来たことがない人だったのかい」

「はい、さようにございます」

そうかい、と富士太郎はつぶやいた。

「おまえさんはよく覚えていないといったけど、その武家の人相書を描かせてもらいたいんだ。力を貸してくれるかい」

「は、はい、わかりました。しかし、多分、お役に立てないのではないかと思います。この店はわざと中を暗くしてありますし、先ほども申し上げましたが、売りに見えるお客さまの顔はできるだけ見ないようにしておりますので……」

「おまえさん以外に、ほかにその武家の顔を見た者はいるのかい」

「いえ、おりません。ここは手前一人だけでやっておりますので……」

「それだったら、余計おまえさんに話を聞かなきゃいけないね」

矢立から筆を取り出し、富士太郎は墨をたっぷりとつけた。懐から紙を取り出し、部屋にある文机の上に置く。

「ああ、この机を借りてもいいかい」

「もちろんでございます」

「では、きいていくよ。いいかい」

「わかりました」

仕方なさそうに店主がいった。

富士太郎は武家の顔の輪郭、目や口、鼻の形や大きさなどを次々にきいていった。

四半刻《しはんとき》ほどで、富士太郎は人相書を描き終えた。しかし、絵の出来に手応えはまるでなかった。

売りに来た武家のことを店主が覚えていないといったのはしらばっくれているわけではなく、真実のようだ。

——これは、きっとほとんど似てはいないんだろうね……。

描き上げたばかりの人相書を手にして、富士太郎は顔をしかめた。残念だったが、どうすることもできない。

描きながら顔かたちのことなどきいていけば、店主の記憶を引き出せるのではないかと期待していたのだが、実際にはそういうこともなかった。

富士太郎にも、むろん見覚えがある顔ではない。

「この刀は盗品だと思ってまずまちがいないよ。おまえさん、三十両を払えば、元の持ち主に折尾摂津守郷龍を返してくれるかい」

「えっ、三十両でですか……」

心外だというように店主が口を尖《とが》らせる。

「いやかい」

はい、と店主がまじめな顔でうなずいた。

「実を申し上げますと、もう買い手がつきそうなのでございます」

「その買おうとしている人は、いくら出すといっているんだい」

「えっ、あの、それもいわなければいけませんか」

「できたら教えてほしいね」

さようでございますか、といって店主が眉根を寄せた。しばらく唇を嚙んでいたが、決意したように面を上げ、富士太郎を見る。

「ちょうど千両です」

そいつはすごいね、と富士太郎は嘆声を漏らしそうになった。今は景気がよくないといっても、この世にはうなるほど金を持っている人など、いくらでもいるのだろう。

「申し訳ないけど、その取引は、取りやめにしてもらうしかないね」

声に冷徹《れいてつ》さをにじませて富士太郎は告げた。

「ええっ」

店主がのけぞるように驚く。

「もう一度いうけど、この刀は盗品なんだ。盗品だとわかっているのに、勝手に売ってもらうわけにはいかないんだよ。盗品だと知らない時ならまだよかったけど、もう盗品だとおまえさんも知ってしまったからね。それがわかっていて、なお売ろうとするなら、おまえさんもお縄になるよ……」

「えっ、ああ、さようでございますか……」

無念そうに店主がうなだれる。

「おまえさん、どうだい。元の持ち主が三十両で買い戻すといったら受けるかい」

顔を近づけて、富士太郎は強くきいた。

「わかりました」

渋い顔になったものの、ついに店主は了承した。もっとも、富士太郎にも、店主の落胆の気持ちはよくわかる。

——千載一遇《せんざいいちぐう》の大儲けの機会を逸したのだからね……。

「おまえさん、この刀をおいらにちと貸してくれるかい」

折尾摂津守郷龍を見やって、富士太郎は店主に問うた。

「いえ、さすがにそれは……」

いくら町奉行所の役人だといっても、外に持ち出されて、万が一返ってこない恐れを店主は抱いているようだ。

「まあ、おまえさんの気持ちはわかったよ。しばらくここに置いておいていいよ。でも、もう一度いうけど、この折尾摂津守郷龍を、誰にも売ってはいけないよ。お縄になるからね」

念を押すように富士太郎はいった。

「はい、わかりました」

悔しそうに店主が唇を噛む。

「おまえさん、名はなんというんだい」

ここで富士太郎は初めて名をきいた。

「手前は庸之《ようの》助《すけ》と申します」

「庸之助だね」

「はい」

「おいらは今から番所に戻るよ。三和土にいる若い者を置いていくけど、いいかい」

「えっ、それはなんのために置いていかれるんですか」

「申し訳ないけど、せっかく見つけた折尾摂津守郷龍から目を離すわけにはいかないからだよ」

庸之助に眼差しを注いで富士太郎はいった。

「おまえさんを信用していないわけじゃないけど、おいらがこの店にまた足を運んだとき、折尾摂津守郷龍がなくなっていたなんてことはなんとしても避けたいんだ」

「はあ、さようでございますか。お気持ちはよくわかります……」

「繰り返すけど、おまえさんを信用していないわけじゃないんだよ」

庸之助にうなずきかけた富士太郎は奥の間を出て廊下を歩き、板敷きの間を通り抜けて沓脱の雪駄を履いた。

三和土に下り、伊助を呼んだ。歩み寄ってきた伊助は、期待の籠もった目で富士太郎を見ている。

「まちがいなく折尾摂津守郷龍だったよ。伊助、でかしたよ」

「ああ、よかったですね」

心の底からほっとしたように伊助がいった。

「それで伊助は、奥の間にある折尾摂津守郷龍を見張っていてほしいんだ。おいらは今から南町奉行所に戻って、御奉行に会うつもりだ」

「わかりました。決して目を離さないようにします」

「頼んだよ。伊助、もう奥の間にいっていいよ。おいらは折尾摂津守郷龍から寸《すん》時《じ》も目を離したくないんだ」

「承知いたしました。では、まいります」

頭を下げて伊助が沓脱で草履を脱いだ。板敷きの間に上がっていく。

五

そこまで見届けて、富士太郎は矢間波屋をあとにした。提灯をつけ、すっかり暗くなった道を走り出す。

四半刻もかからずに、南町奉行所に着いた。すでに閉まっている大門のくぐり戸を入り、南町奉行所の建物をまっすぐ目指す。

建物内に入った富士太郎は、まず土岐之助の詰所に向かった。詰所には明かりが灯っており、そこにまだ土岐之助がいることを伝えてくる。

詰所前の廊下に、住吉の姿はなかった。暮れ六つをとうに過ぎていることもあり、住吉は町奉行所内の長屋に引き上げたのだろう。

「荒俣さま――」

腰高障子の前で足を止め、富士太郎は中に声をかけた。弾む気持ちを抑えきれず、声は張り切ったものになった。

「その声は富士太郎だな。戻ったか。よし、入ってくれ」

中から返事があり、富士太郎は腰高障子を横に滑らせた。

行灯が灯され、そのやわらかな光が文机の前に座す土岐之助の顔をほんのりと照らしていた。炭が赤々と燃えている火鉢が、そばに置かれている。

「富士太郎、声だけでなく顔も明るいな」

にこりとした土岐之助が笑みを消し、真剣な目を富士太郎に当ててきた。

「荒俣さま、折尾摂津守郷龍が見つかりましてございます」

「なに、まことか」

瞠目した土岐之助が腰を浮かせた。

「どこで見つかった」

土岐之助にきかれ、冷静さを保ったまま富士太郎は委細を語った。

「富士太郎、でかしたぞ……」

上を向いた土岐之助が、ふう、と大きく息を吐き出した。

「今日、御奉行の前でそなたは、折尾摂津守郷龍を必ず見つけると申したが、わしは心配でならなかった。だが、さすがに富士太郎だ。杞憂《きゆう》だったな……」

満面の笑みの土岐之助に褒められて、富士太郎は頬が緩んだのを感じた。

「よし、富士太郎。今から、御奉行にお目にかかろうではないか」

張りのある声で土岐之助が、富士太郎をいざなってきた。

富士太郎に否やがあるはずもない。曲田の喜ぶ顔を、一刻も早くこの目で見たかった。

すぐさま詰所をあとにした富士太郎は土岐之助の背中を見つつ、町奉行所内の暗く寒い廊下を進んだ。

曲田の執務部屋の前には、朝と同じように大沢六兵衛が座っていた。かたわらに行灯が置いてあるが、底冷えのする廊下には火鉢など見当たらない。

――大沢どのは寒くはないのだろうか。

富士太郎は不思議でならなかった。しかし、とすぐに思った。

――ここに大沢どのがいるということは、執務部屋に御奉行もいらっしゃるということではないか。

「大沢どの、御奉行にお目にかかりたいのですが」

丁寧な口調で土岐之助が申し出る。

「はっ、承知いたしました。――御奉行、荒俣さま、樺山さまがいらっしゃいました」

半身になって襖のほうを向いた六兵衛が、中に声をかける。

「入ってもらってくれ」

曲田の声が執務部屋から返ってきた。

「どうぞ、お入りください」

土岐之助と富士太郎にいい、六兵衛が襖を開ける。

書類の束がのった文机の前に曲田が座っているのが、富士太郎から見えた。

「それで、どうであった」

まだ富士太郎たちが執務部屋に入る前に、曲田が待ちきれないという思いを露わに、身を乗り出してきた。

土岐之助が、急いで曲田の前に端座した。その横に富士太郎も座った。

「それで、どうであった」

富士太郎たちに顔を寄せて、曲田が同じ言葉を繰り返した。

首を曲げ、土岐之助が富士太郎を見る。そなたから申し上げるのだ、とその表情が語っている。

土岐之助を見返して、富士太郎はうなずいた。それから曲田をまっすぐに見る。

「折尾摂津守郷龍は、無事に見つかりましてございます」

厳《おごそ》かな口調で富士太郎は曲田に告げた。

「まことか」

叫ぶようにいった曲田が、喜色《きしょく》を満面に浮かべた。今にも跳び上がらんばかりの風情《ふぜい》である。

「樺山、いったいどこで見つかったのだ」

どういう経緯で折尾摂津守郷龍を見つけ出したか、富士太郎は曲田に手短に説明した。

「そうか、矢間波屋という刀剣商にあったか。それで樺山、その矢間波屋から折尾摂津守郷龍は持ってきたか」

いえ、といって富士太郎はかぶりを振った。

「折尾摂津守郷龍は、まだ矢間波屋に置いてあります。いくら盗品とわかったとはいえ、店主も少なくない金を出して買い取っておりまして、折尾摂津守郷龍をこちらに持ってくることはかないませんでした。申し訳ございません」

「謝ることはないが、樺山、大丈夫か、折尾摂津守郷龍から目を離して……」

曲田は危ぶむような顔つきである。

「気の利く中間を矢間波屋に置いてまいりました。決して折尾摂津守郷龍から目を離さないように命じておきましたので、まず大丈夫だと存じます」

胸を張って富士太郎はいった。

「そうか、中間をな……」

ふう、と安堵の息をついた曲田が、富士太郎を見つめてくる。

「それにしても樺山、よくやってくれた。さすがとしかいいようがない」

土岐之助と同様に、曲田からも褒めたたえられて、富士太郎はうれしくてならない。

「それで樺山、少なくない額でと申したが、その矢間波屋はいくらで折尾摂津守郷龍を買い取ったのだ」

「三十両でございます」

「なにっ」

驚きの顔で曲田が富士太郎を見る。

「まことか」

「はっ、まことのことにございます」

ずいぶん安いな、と曲田が首をひねってつぶやいた。

「それでその矢間波屋は、三十両を出せば、買い取りに応ずるのか」

「はい、応じます。それについては、店主の庸之助という者と話をつけてまいりました」

そうか、と満足そうに曲田がいった。

「樺山、誰が矢間波屋に折尾摂津守郷龍を売っていった」

「それがわからぬのでございます」

「なに」

富士太郎を見る曲田の目が光を帯びる。

「どういうことだ」

それについても富士太郎は曲田に説明した。

「なんと、武家が持ってきたというのか」

「さようにございます」

「しかしわかるのはそこまでで、誰が売りに来たのか、その記録も残しておらぬのか」

「売買の記録は残してありますが、誰から買い取ったというようなことは、まったく記していないそうでございます」

「ふむ、そうなのか……」

ふと思い出して富士太郎は懐から、矢間波屋で描いた人相書を取り出した。

「この者が、折尾摂津守郷龍を持ち込んだそうにございます」

「どれどれ」

富士太郎から人相書を受け取り、曲田が目を落とす。

「ふむう」

不思議そうに首をひねって、曲田が人相書をしげしげと見つめる。

その曲田の様子が気になったか、土岐之助が顔を少し前に出した。

「御奉行、どうかされましたか」

「ああ、いや、なんとなく本山相模守さまに似ているような気がしてな……」

「ええっ」

富士太郎は驚きの声を発した。横で土岐之助も目をみはっている。

「だが、そのようなことはあり得ぬ」

間髪を容れずに曲田が否定した。

「それに、ただ、似ているような気がするだけだ。そっくりというわけではない」

あの、と富士太郎は曲田にいった。

「正直に申し上げれば、その人相書はあまり似ていないのではないかと存じます」

どうしてそのような仕儀になったか、そのことを富士太郎は曲田に話した。

「ふむ、店主は折尾摂津守郷龍を持ち込んだ者の顔をろくに見ておらぬし、覚えてもおらぬか……」

「さようにございます」

「とにかく、本山相模守さまが矢間波屋に持ち込んだなどということは、決してあり得ぬ」

声を高くして曲田が断じた。

「もし本山相模守さまが矢間波屋に折尾摂津守郷龍を持ち込むような真似をしたのだったら、なにゆえそれが盗まれたことを、わざわざわしに伝えなければならぬ」

確かにその通りだね、と富士太郎は思った。町奉行所に探索を頼むのでは、自分を捕まえてくれといっているようなものではないか。

「よし、わしは今から本山相模守さまの屋敷に行き、見つかった旨を伝えてまいる」

欣喜雀躍《きんきじゃくやく》の体《てい》の曲田が、勢いよく立ち上がった。

その曲田の姿を目の当たりにして、富士太郎は改めて満ち足りたものを感じた。

折尾摂津守郷龍を見つけられて本当によかった、と心から思った。

粋な大人のイッキ読み!

4月の新刊

好評発売中!

新・餓狼伝 巻ノ三 武神伝説編

…波文七の前に謎の青年が現れた。
…漢たちの新たな闘いが始まる!

本体694円+税 978-4-575-52208-2

…ん返し

友井 羊

この仕掛けを見抜けるか? 本格推理、社会派、時代もの――仰天の新作が勢揃い!

[ミステリーアンソロジー] 本体602円+税 978-4-575-52210-5

…?

[第二の人生長編エロス] 本体639円+税 978-4-575-52214-3

…編招福エロス] 本体602円+税 978-4-575-52205-0

…洋食屋きつね亭

…たコックの佐山は、ひょんなことから
…ひとりで切り盛りする少年と出会う。

双葉文庫初登場

[異世界グルメ小説] 本体593円+税 978-4-575-52213-6

…丁目 あやかし学校の先生になりました

…有名な花街。まるで迷路のように広がるその路地のひとつに、
…。

[あやかしストーリー] 本体593円+税 978-4-575-52212-9

…お伊勢参り⑤ 偽りの記憶 蝶々の導き

…に軽い」と言われた芽衣。その後、芽衣は天と出会った頃のことを
…第5弾!

[神様ストーリー] 本体593円+税 978-4-575-52211-2

…荘ダイアリー② 三人娘、探偵になる…

10年の時を経て、再び親友となった太秦萌、小野ミサ、松賀咲の仲良し三人娘が、太秦荘に探偵事務所を開いた！　京都の謎はお任せあれ！

［キャラクター小説］　本体593円＋税　978-4-575-52202-0

槇あおい　白星にぎり　神田まないたお勝手帖

双葉文庫初登場

飯屋「まないた」を父と切り盛りするおはる。あれこれ悩むたちだけど、亡き母に誓う明るい看板娘！　ほっこり新シリーズ！

［あったか時代小説］　本体593円＋税　978-4-575-66942-8

木村忠啓　新月の夜　十返舎一九あすなろ道中事件帖

出た、シリーズ最高傑作！　とうとう貞一は『東海道中膝栗毛』の着想を得た！　江戸の事件と人の思いをたっぷり盛り込んだ第3弾！

［長編時代小説］　本体630円＋税　978-4-575-66934-3

長辻象平　御納屋侍　伝八郎奮迅録　みずすまし

川田久保家の荒れ屋敷に、黒装束の一団が襲撃してきた。御納屋奉行の鮎貝伝八郎は、槍の名手の権助らと迎え撃つが……。好評シリーズ第二弾。

［長編時代小説］　本体602円＋税　978-4-575-66941-1

鈴木英治　口入屋用心棒44　拝領刀の謎

寺社奉行が盗まれた神君家康公よりの拝領刀を探すよう、樺山富士太郎に密命が下る。そのとき富士太郎は謎の転落死を調べていた。関係のない二件が奇妙に繋がり……。

［長編時代小説］　本体694円＋税　978-4-575-66936-7

鳥羽亮　はぐれ長屋の用心棒　源九郎仇討ち始末

若き日に共に剣の修行に励んだ旧友が斬殺された。仇討ちの加勢を頼みにきた娘に、亡き妻の面影を見出した源九郎は、胸の高鳴りに戸惑いつつも、長屋の仲間たちと下手人の捜索に乗りだす。

［長編時代小説］　本体602円＋税　978-4-575-66940-4

双葉文庫は面白《おむすび》文庫

住野よる
よるのばけもの

夜になると、
僕は化け物になる。
ある日、忘れ物をとりに夜の学校へ
忍びこんだ。教室には、なぜか
クラスメイトの矢野さつきがいて――。

［青春小説］
本体648円＋税　978-4-575-52209-9

双葉文庫は面白《おむすび》文庫
www.futabasha.co.jp
双葉社 〒162-8540 東京都新宿区東五軒町3-28 電話03-5261-4818(営業)
◆ご注文はお近くの書店またはブックサービス(0120-29-9625)へ。

第三章

一

手綱をゆったりと握りつつ曲田伊予守隆久は、気持ちが浮き立ってならない。

昨日、ここ元飯田町にやってきて、明くる日も再び足を運ぶことになろうとは、まったく考えていなかった。

昨日は、本山相模守さまはいったいどんな用件で呼び出してきたのかと、不安に駆られながらの道行きだった。

しかし今日は、本山相模守さまにこれ以上ないほどの報告ができるのだ。心が躍るのも、無理はないではないか。

乗馬の足取りも、心なしか弾んでいるように感じられる。

今宵《こよい》、曲田の供についているのは、大沢六兵衛一人である。一刻も早く本山の顔を見たくて、曲田は供を減らしたのだ。できるだけ身軽にするほうが、なにをするのにも速い。

これは、重大な事件が起きたときの探索にも通ずることであろうと、曲田は思っている。

提灯を手にした六兵衛は馬の轡《くつわ》を取って無言で先導していたが、辻を一つ曲がって半町ほど進んだところで足を止めた。

「御奉行、到着いたしました」

曲田を見上げて六兵衛が告げる。馬上から曲田は、目の前の屋敷を見やった。うむ、とうなずいて下馬する。

いきなり馬が駆け出したり、棹立《さおだ》ちになったりしないように、六兵衛が轡をがっちりと握っている。

地面に降り立った曲田はすぐさま足を踏み出し、閉じられた長屋門のくぐり戸を迷うことなく叩いた。

門番部屋とおぼしき場所には、明かりが灯り、その光が曲田の足元にほんのりと届いていた。

待つほどもなく、門番部屋の小窓が音を立てて開いた。

「どちらさまでしょう」

二つの瞳が曲田を見、丁寧な口調できいてきた。

「それがしは、南町奉行の曲田伊予守と申す。相模守さまにお目にかかりたい」

「曲田伊予守さま……。今宵もご足労いただき、まことにかたじけなく存じます」

門番は、昨日も来た曲田のことを覚えていた。だが、すぐにその口調が沈んだものになった。

「あの、曲田さま。まことに申し訳ないのでございますが、我が殿は、まだお城から戻られていないのでございます」

なんと、と曲田は思った。

――ずいぶん遅いな。本山相模守さまの身に、なにかあったのではあるまいか……。

いやな予感が胸をよぎる。浮き立っていた気持ちが一瞬で霧散《むさん》した。

今は、もう刻限は六つ半を回っている。たいていの場合、七つには千代田城を下がるから、遅くとも七つ半には、この屋敷に帰ってこられるはずである。

――今日のわしもそうだった。

曲田自身、今日、朝の四つに千代田城に出仕したが、午後の七つには下城し、七つ半を過ぎたときには南町奉行所の執務部屋に座っていた。

「今朝、いつものように相模守さまは登城なされたのだな」

曲田は門番に確かめた。

「おっしゃる通りにございます。我が殿は、五つ半頃にお出かけになりました」

五つ半にこの屋敷を出れば、余裕をもって四つ前に登城できよう。

「五つ半にこの屋敷を出られたきり、相模守さまは一度も戻っておられぬのだな」

「さようにございます」

申し訳なさそうに門番が答えた。

「これほど遅くなるのは、相模守さまにはよくあることなのか」

「いえ、滅多にないことにございます」

門番が首を大きく振って否定した。すぐに言葉を続ける。

「それでも、四つくらいに戻られたことがこれまでになかったわけではございません……」

公儀の要職にある身分の者が、と曲田は思った。

――遅くなるのが、こたびが初めてというわけはなかろう。

「相模守さまについていった供の者も、戻っておらぬのか」

「はい、お一人も戻っておられません」

「相模守さまは、遅くなる旨を知らせてきておらぬのだな」

「なにもつなぎはございません」

「そうか……」

顎をなでさすって曲田はつぶやいた。

――やはり本山相模守さまの御身《おんみ》に、なにかあったのではないか……。

だがそれならば、と曲田は思い直した。本山相模守についている供が、大事が出来《しゅったい》したことを屋敷に知らせないはずがない。

――つまり、本山相模守さまはまだお城にいらっしゃるということか……。

やはり御役目が、なんらかの理由で長引いているのか。

――それならばよいのだが……。さて、これからどうするか。

眉根を寄せて曲田は考えた。

――この屋敷で、本山相模守さまの帰りを待たせてもらうか。

だが、その考えは一瞬で脳裏から消した。

──本山相模守さまがいつ戻ってこられるかわからぬのに、この屋敷でじっとしているのも芸がない……。

ならば、と曲田は思った。

──矢間波屋に行き、折尾摂津守郷龍をわしが買い戻しておくという手はどうだろう。

樺山によれば、矢間波屋のあるじは三十両で買い戻しに応じるということだった。ほかの誰とも取引ができないように、樺山は気の利く中間を店に置いてきたとのことだが、どこまでその抑えが効くかわからない。あるじが中間を無視し、折尾摂津守郷龍を売り払ってしまうのは、決して考えられないことではない。もしそのようなことになったら、せっかく折尾摂津守郷龍が見つかったというのに、目も当てられない。

──よし、わし自ら矢間波屋に赴《おもむ》こう。

曲田は腹を決めた。刻限からして矢間波屋はすでに閉まっているだろうが、無理をいってでも開けさせるしかない。

──金はあるかな……。

懐《ふところ》にそっと手を当てると、財布の感触が手のひらに伝わってきた。

——よし、大丈夫だ。

懐の財布には五十両が入っている。曲田は常に、それだけの金を持ち歩いているのである。なにかあったとき、それなりの金が懐にあるというのは、心強いことだからだ。

曲田は小窓に目をやった。

「では、わしは帰る。本山相模守さまが戻られたら、その旨を南町奉行所に知らせてくれぬか。それを聞けば、わしも安心できる」

「しかと承《うけたまわ》りました。必ずお知らせするようにいたします」

小窓から見える門番の目は真剣で、真摯《しんし》な口調だ。

「では、頼んだぞ」

いうや、さっと体《たい》を返して曲田は、馬の轡を握っている六兵衛に歩み寄った。

「これから矢間波屋に向かう」

矢間波屋が神田平永町に店を構える刀剣商で、折尾摂津守郷龍が見つかったことは、事前に六兵衛に伝えてある。

「承知いたしました。では、神田平永町にまいりましょう」

うむ、と返して曲田はひらりと馬にまたがった。左手で提灯を掲げた六兵衛が静かに右手で轡を引き、先導をはじめる。

四半刻もかからず、曲田は神田平永町にやってきた。この町は、大した広さがあるわけではないのを曲田は知っている。矢間波屋もきっとすぐに見つかるであろう、と楽観していた。

「あれが矢間波屋でございますね」

通り沿いに進んだ六兵衛が提灯を上げ、曲田に伝える。馬上から曲田はそちらに目を向けた。

通りの右側に、やや古くささを感じさせる建物があった。闇のせいで見にくくはあったが、建物の横に『刀剣　鎧兜』と記された看板が張り出しているのが、うっすらと見えた。

「うむ、そのようだ」

看板を見つめて曲田はうなずいた。六兵衛がさらに歩みを進める。同時に曲田の乗馬が近づいていく。

半紙ほどの大きさの看板が建物の正面に打ちつけられ、それには『矢間波屋』とあった。

案の定、矢間波屋は厚みのある雨戸がしっかりと閉《た》てられており、店には近くの常夜灯の明かりも届かず、暗がりの中にひっそりと沈んでいた。

――店の者には申し訳ないが、やはり無理に戸を開けさせるしかあるまい。

即座に決断し、馬から下りた曲田は矢間波屋の雨戸に足早に近づいた。

――この店にまことに折尾摂津守郷龍があるか、まずこの目で確かめなければ、話にならぬ……。

むろん、富士太郎のことを信用していないわけではない。だが、じかに折尾摂津守郷龍を見ない限り、曲田は安心できない。

曲田は拳で、どんどんと雨戸を叩いた。しばらくして、臆病窓《おくびょうまど》が開き、どちらさまでしょうか、といってきた。

「おぬし、あるじか」

臆病窓の中の者にしっかと目を当て、曲田はきいた。

「は、はい、さようにございます」

それを聞いて曲田は名乗った。

「わしは南町奉行の曲田という」

「えっ、南町奉行……さま」

いきなり町奉行だといわれて信じろというほうが無理であろうな、と曲田は思った。

「わしは、南町奉行の曲田伊予守という者だ。今日、定廻り同心の樺山という者がこの店に来たであろう」

「は、はい、いらっしゃいました。先ほど、配下の伊助さんという方を、迎えに見えましてございます」

——ああ、そうだったか。樺山は一足早くやってきたのだな……。

伊助というのは、折尾摂津守郷龍から目を離さずにいた中間のことだろう。樺山が伊助を連れて帰ったのは、閉店した矢間波屋を訪ねてくる者はもういないだろうとの判断からにちがいない。

——樺山はまちがっておらぬ。伊助を、この店に泊まらせるわけにはいかぬだろうし……。

「その樺山はわしの配下だ。あるじのそなたは、庸之助というらしいな」

「は、はい、さようにございます」

「こんな刻限に、まことに済まぬ。用件は折尾摂津守郷龍のことだ。わしに見せてほしいのだ」

臆病窓の中の目が、戸惑ったように泳いだ。

「御奉行さま。なにゆえ、折尾摂津守郷龍をご覧になりたいのでございますか」

「この店に今も確かにあるかを知りたいのだ」

「はい、それについては太鼓判を押させていただきます。折尾摂津守郷龍はございます」

そうか、と曲田はうなずいた。

「実は、盗っ人に盗まれた折尾摂津守郷龍を探してくれるよう、わしは持ち主に頼まれたのだ。それで樺山がこの店に来たのだが、そのあたりのことは聞いておるか」

「はい、うかがいました」

「それは重畳《ちょうじょう》。だが、せっかく折尾摂津守郷龍がこの店で見つかったことを持ち主に知らせに行ったというのに、残念ながらその者は不在だったのだ」

「無駄足ということでございますか。それは、残念なことでございました」

臆病窓の中で庸之助が同情してみせる。

「それゆえ、わしが持ち主に代わって、折尾摂津守郷龍を三十両で買い取ってもよいと考えている。むろん、買い取った折尾摂津守郷龍はすぐさま持ち主に返すつもりだ。どうだ、庸之助、委細は承知したか」

「はい、承知いたしましてございます」

「では、ここを開けてくれるか」

しかし庸之助は、どうするべきか、まだ迷っている風である。

その気持ちもわからぬではない、と曲田は思った。

――もしわしが三十両で折尾摂津守郷龍を買い取り、そのまま知らぬ顔をして行方をくらましたら、矢間波屋にとっては目も当てられない成り行きとしかいいようがあるまい。樺山に対しても、申し開きができまい。

熟考した末、決意したらしく庸之助が、わかりましてございます、といった。

「ただいま戸を開けますので、少々お待ち願えますか」

閂《かんぬき》が外される音が響き、その直後、くぐり戸が開いた。庸之助が律儀に外に出てきて、小腰をかがめる。

「どうぞ、御奉行さま、お入りください」

「かたじけない」

礼をいってくぐり戸に身を沈め、曲田は、行灯が灯された土間に立った。

六兵衛は、馬の手綱を外の軒柱につなげたようだ。おとなしい馬だから、そうしておけば、まず逃げるようなことはないだろう。

六兵衛のあとに庸之助が入ってきた。

「庸之助、証《あかし》になるかわからぬが、これは曲田家の家紋入りの印籠《いんろう》だ」

懐から取り出した印籠を曲田は見せた。

「沢瀉紋《おもだかもん》など珍しくもなく、証にはならぬかもしれぬが……」

「いえ、御奉行さまのお人柄からして手前はもう信じておりますので、どうか、その印籠はおしまいくださいませ」

「そうか」

会釈《えしゃく》して曲田は印籠を懐に入れた。曲田たちの回りには、おびただしい数の武具が置かれている。鎧《よろい》兜《かぶと》だけでなく、刀槍《とうそう》の類も多かった。

――これは大した品揃えではないか……。

だが、今はじっくりと武具を見ているときではない。

「それで庸之助、さっそく折尾摂津守郷龍を見せてもらえるか」

「承知いたしました。では、こちらにおいでください」

庸之助にいわれ、曲田と六兵衛は三和土の沓脱で雪駄を脱ぎ、板敷きの間に上がった。庸之助に続いて廊下を歩く。

「こちらでございます」

足を止めた庸之助が襖を開けた。どうぞ、といわれて曲田は座敷に足を踏み入れた。部屋の隅に置かれた刀架に、刀袋にしまわれた刀がかけられている。

「それか」

刀袋を目にするや曲田は、敷居際に立っている庸之助にたずねた。

「さようにございます」

「見せてもらうぞ」

「はい、どうぞ、ご存分に……」

刀架に近づき、曲田は刀袋を手にした。刀袋から刀を取り出すと、六兵衛が手を差し出してきた。

六兵衛に刀袋を渡した曲田は、刀をじっと見た。拵えや鞘、鍔は本山相模守のいっていた通りだ。

鞘は朱で、梨地塗の龍が施されている。鍔にも金で龍が描かれ、柄は鮫皮に黒漆が塗られて、白糸が巻かれていた。

鞘から刀を抜き、刃文を見た。

――うむ、これも合っている。

「庸之助、目釘抜きはあるか」

茎《なかご》の銘が見たくて、曲田はきいた。

「ございます」

いつも持ち歩いているのか、庸之助が袂から目釘抜きを取り出し、手渡してきた。それを用いて、曲田は刀の茎を見た。そこには郷龍とあった。

ふう、と自然にため息が漏れた。

——紛れもなく折尾摂津守郷龍だ。

よかった、と曲田は心から思った。折尾摂津守郷龍を鞘におさめ、目釘抜きを庸之助に返す。

「先ほど申したが、これを持ち主に代わってわしが買い取りたいのだが、庸之助、よいか」

六兵衛から受け取った刀袋に折尾摂津守郷龍を入れつつ、曲田はたずねた。

「あの御奉行さま、一つおたずねしたいのでございますが、その持ち主というのは、どちらさまでございましょうか」

どうすべきか、と曲田は思った。庸之助は自分を信じて店内に招き入れ、折尾摂津守郷龍を見せてくれた。

その気持ちに応えないわけにはいかないのではないか。

「矢間波屋、決して他言せぬと誓ってもらうが、よいな」

鋭い口調でいって、曲田は庸之助をじっと見た。

「も、もちろんでございます。決して他言はいたしません」

畏れ入ったように庸之助が答え、背筋を伸ばした。

「折尾摂津守郷龍は、本山相模守さまが持ち主である」

庸之助を凝視して、曲田はずばりと告げた。少し考えた様子の庸之助が、はっとする。

「本山相模守さまとおっしゃいますと、今の寺社奉行でいらっしゃいますね」

「おぬし、会ったことはあるか」

「いえ、ございません」

庸之助がかぶりを振る。

「まちがいないか」

念を押すように曲田はいった。

「はい、まちがいございません。寺社奉行をつとめられるようなお方が、うちのような店に来ることはありませんから」

「だが、見た限りでは、大した品揃えではないか」

「数は多いのですが、大身《たいしん》のお武家がお求めになるような名品は、ほとんどございませんので……」

そうか、と曲田はいった。

「今からわしは、この折尾摂津守郷龍を本山相模守さまのもとに持っていく」

「えっ、今からでございますか」

驚いたように庸之助が目を見開く。

「そうだ。先ほどは不在だったが、さすがにもう戻られたのではないかと思うのでな……」

はい、と庸之助が相槌を打った。

「庸之助、折尾摂津守郷龍の代は三十両でよいのだな」

念を押すように曲田はきいた。

「はい、もちろんでございます」

うなずいて曲田は懐に手を入れ、財布を取り出した。財布から三十枚の小判を丁寧に数えて抜き出し、庸之助に渡す。

「これでよいか」

「はい、ありがとうございます」

三十両を手にした庸之助は、無念そうな表情を垣間見《かいまみ》せている。

「それから、これはそなたに造作《ぞうさ》をかけた手間賃だ。庸之助、受け取るのだ」

財布からさらに五両を出し、曲田は庸之助の手に握らせた。

「あっ、いえ、しかし御奉行さま……」

あわてて庸之助が返そうとする。

「いやいや、よいのだ」

曲田は、五両を庸之助に押しつけるようにした。

「おぬしもなにも儲けがなければ、切なくて商売などやっていられまい。本来の儲けからすれば、雀の涙であろうが、これでとりあえず勘弁してもらえぬだろうか」

「あ、ありがとうございます」

庸之助がうれしそうに笑った。

「では御奉行さま、遠慮なくいただきます」

曲田を拝むような仕草をして、庸之助が五両を袂にしまい入れた。

「それでよい」

にこりと笑って、曲田は庸之助を見つめた。

「では、折尾摂津守郷龍をもらっていくぞ」

刀袋に入った郷龍を、曲田は六兵衛に渡した。

「六兵衛、なくすなよ」

「よくわかっております」

庸之助に礼をいって、曲田は矢間波屋の外に出た。今日も師走《しわす》らしく冷え込んでおり、冷たい風が吹き寄せてきて、曲田の袴の裾を払っていく。

寒いな、と思いながら曲田は夜空を見上げた。厚い雲が覆っているようで、星の瞬きは一つも見えない。

——さて本山相模守さまは、お屋敷にお戻りになっているだろうか。

戻っていると信じるしかない。

「六兵衛、元飯田町にまいるぞ」

「承知いたしました」

馬上の人となった曲田は、六兵衛の先導で再び本山屋敷に赴いた。

長屋門の門番部屋には、今も明かりが灯っていた。下馬した曲田は、すぐにくぐり戸を叩いた。

当番の門番は居眠りでもしていたのか、少し間を置いて門番部屋の小窓が開いた。

先ほどと同じ門番が応対に出たことを曲田は知り、名乗ることなく声を発した。

「相模守さまはお戻りになったか」

「いえ、まだでございます」

済まなそうに門番が答えた。なんと、と曲田は驚きを隠せない。

「まことか……」

「はい、さようにございます」

いま刻限は五つ半頃であろう。すぐに小窓の中の門番が曲田に告げた。

「あの、御奉行さまがいらしてから、こちらからもお城のほうへと使いを走らせてみたのです。戻ってきた使いによれば、供の方たちは、今もお城の外で殿さまの帰りを待っているということでございます」

なに、と曲田は瞠目した。

「では、今も相模守さまは千代田城内におられるのだな」

「さようにございます」

ならば、と曲田は思った。やはり難事が出来《しゅったい》し、御役目が長引いているだけのことなのか。

――そういうことなら、本山相模守さまの御身になにかあったのではないかということはない。ただの杞憂と考えてよいようだ……。

曲田は、ほっと安堵の息を漏らした。折尾摂津守郷龍をどうするか、と思案する。

――用人の泉谷漢之助に預けてもよいが。

漢之助は信用に値する男だと、曲田は思っている。

――いや、それもやめておこう。

余人《よじん》に預けて、折尾摂津守郷龍を失《な》くされるのが恐ろしい。

――今宵は、奉行所に持ち帰ることにしよう。今夜一晩、わしが所持しているほうが安心できる……。

顔を上げて曲田は門番に目をやった。

「相模守さまになにもなければ、それでよいのだ。わしは番所に帰るが、明日もまたこちらまでまいる。ああ、相模守さまが屋敷に戻られたとの使いは、南町奉行所に走らせずともよいぞ。承知か」

「はっ、承知いたしました」

その言葉を耳にした曲田は、袴の裾を翻《ひるがえ》して馬に歩み寄った。手綱を取って、ひらりと馬にまたがる。

「六兵衛、番所に戻るぞ」

轡をかたく握っている六兵衛に、曲田は申しつけた。

はっ、と答えて六兵衛が轡を引いて、馬を促した。曲田の乗馬が、ゆったりとした歩調で動き出す。

二

目の前に座している荒俣土岐之助が富士太郎を凝視しつつ、語りはじめた。

「先ほどお話をうかがったが、御奉行は昨夜のうちに折尾摂津守郷龍を矢間波屋から買い取られたそうだ」

ええっ、と富士太郎は口をぱくりと開けた。まったく思いもかけなかったことで、すぐには言葉が出てこなかった。

「では昨夜、御奉行は矢間波屋にいらしたのでございますか」

「そういうことだな。そなたが伊助とともに矢間波屋を引き上げて、間もなくのことだったのではないか」

「では御奉行は、三十両で折尾摂津守郷龍をお買い求めになったのですね」

「その通りであろうな」

「折尾摂津守郷龍を手に入れた御奉行は、その足で本山相模守さまのお屋敷に行かれたのでしょうか」

「そのようだ。残念ながら、昨夜、本山相模守さまはまだお城からお戻りになっておらず、先ほど御奉行は折尾摂津守郷龍を手に、改めて元飯田町へ向かわれた」

「ならば、もう折尾摂津守郷龍を本山相模守さまに渡されている頃でしょうか」

「うむ、そうかもしれぬ。今なら、本山相模守さまはお屋敷にいらっしゃるだろうからな」

「ああ、それはよかった」

富士太郎からは自然に笑みがこぼれ出た。折尾摂津守郷龍を無事に見つけることができたことが、誇らしくてならない。

「それで富士太郎――」

居住まいを正して、土岐之助が呼びかけてきた。

「おぬしは今日より再び、空から落ちて死んだ願人坊主の探索に戻るがよい」

「承知いたしました」

土岐之助に向かって、富士太郎は深く頭を下げた。

「荒俣さま、その一件ですが、昨日一日でなにか進展はございましたか」

面を上げた富士太郎にきかれて、土岐之助が渋い顔になった。

「それがなにもないのだ。大勢の者に調べさせたのだが、いまだに死んだ願人坊主の身元は判明しておらぬ」

さようですか、と富士太郎はいった。

「では、それがしは全力を尽くして願人坊主の一件に当たります」

「富士太郎、頼りにしておるぞ」

「はっ、ありがたきお言葉にございます。では荒俣さま、それがしはこれにて失礼いたします」

「ああ、そうだ、富士太郎」

土岐之助に呼び止められ、富士太郎は浮かせた腰をもとに戻した。

「願人坊主の一件とはなんら関係のないことだが——」

控えめな口調で土岐之助がいった。

「我が妻の菫子だが、秀士館の剣術道場の師範代に決まったぞ」

土岐之助がうれしそうにいった。

「えっ、まことですか」

腰が持ち上がるほど、富士太郎は喜びがわき上がってきた。

「それはまた、すごいことですね。快挙といってよいと存じます」

土岐之助を見つめて、富士太郎は素直に感嘆の思いを口にした。

「直之進さんや倉田どの、川藤どのが、菫子さまの腕を認めたということですから」

「その通りだ。あれだけの腕前のお歴々《れきれき》が、菫子なら秀士館の師範代が務まると考えてくださったのだ」

「本当にすごいことですね。これから大変でしょうが、菫子さまはお心の強いお方ですから、きっと大丈夫でございましょう」

「それについてはわしも安心しておる。どんな苦難も、菫子なら乗り越えていくと信じておる」

力強い声で土岐之助がいった。

「菫子の話では、秀士館はこれからおなごも、どんどん入門させていくつもりらしい」

「ほう、さようでございますか。それはよいことではありませんか」

うむ、と土岐之助がうなずいた。

「なんでも佐賀どのが、男と女の能力に差はないと考えておられるそうだ」

「そのあたりを即座に実行に移す方策を取られるなど、さすが佐賀大左衛門さまという感じですね」

「まったくだ。むろん、男でも薙刀を習いたいという者がおれば、菫子が教えていくことになろうが……」

「男を相手に菫子さまが……。それは、是非とも見てみたいものですね」

「わしも同じ気持ちだ」

すぐに土岐之助が真剣な面持《おもも》ちになった。

「のう、富士太郎、御奉行は江戸の町人たちにとってなくてはならぬお方だ」

急に話題が変わり、富士太郎は面食らったが、それについて異論はない。

「これはわしと富士太郎の間だけにしておきたいのだが、御奉行の御身になにかあっては取り返しがつかぬゆえ、わしは菫子に陰警護をさせようと思う」

「さようにございますか。それはとてもよいことだと存じます」

「富士太郎もそう思うか」

はいっ、と富士太郎はうなずいた。近ごろの江戸には、確かに不穏な気配があると、富士太郎も感じていた。

「荒俣さま、では、これから願人坊主の一件に取りかかります」

富士太郎はすっくと立ち上がった。そのとき廊下を渡ってくる足音がした。誰かが急いで、土岐之助の詰所にやってこようとしているようだ。

「荒俣さまはいらっしゃいますか」

男が、詰所の前に座している住吉にきいている。この声は、と富士太郎は思った。同心詰所づきの小者の守太郎《もりたろう》ではないか。

なにかあったのかもしれないね、と考え、富士太郎は再びその場に座った。

「荒俣さま、守太郎さんが見えました」

腰高障子越しに住吉の声がした。

「入ってもらってくれ」

土岐之助がいうと、するすると腰高障子が開いた。敷居際に守太郎が立っている。思いもかけないことが起きたのか、顔を赤くしている。

「守太郎、入れ」

土岐之助が手招くと、失礼いたします、と一礼して守太郎が敷居を越え、富士太郎の斜め後ろに端座《たんざ》した。

「どうした、なにかあったのか」

すぐさま土岐之助が守太郎にただした。はっ、と守太郎がかしこまる。

「それが、新たな願人坊主の骸《むくろ》が見つかったという知らせが今し方、届いてございます」

「新たな願人坊主の骸だと。どこで見つかったのだ」

「上駒込村《かみこまごめむら》でございます。知らせてきたのは、駒込浅嘉町の自身番の使いの者でございます」

おそらく才吉だろうね、と富士太郎は思った。下駒込村の鱗吉の畑に空から降ってきた願人坊主のことを、富士太郎に知らせてきた男である。

「富士太郎、すぐに行ってまいれ」

声高く土岐之助が命じてきた。

「はっ、承知いたしました」

深くこうべを垂れてから、富士太郎は立ち上がった。すぐさま土岐之助の詰所をあとにする。

「守太郎──」

廊下を足早に歩きつつ富士太郎は呼びかけた。守太郎は、富士太郎の後ろを進んでいる。

「駒込浅嘉町の自身番から来た使いは、もう帰ってしまったかい」

「いえ、まだ残っています。その使いには、願人坊主の骸が見つかった場所に、同心の旦那を案内するという役目が残っているかと思いましたので……」

「それはよい判断だよ」

笑みを浮かべて富士太郎が褒めると、守太郎がうれしそうに笑った。

「それで、その使いはどこにいるんだい」

「大門のところです」

「よし、わかったよ」

町奉行所の玄関を出て、富士太郎は急ぎ足で大門までやってきた。

同心詰所につながる出入口の前に、一人の男が立っていた。

富士太郎は男にまっすぐに近づいた。

「ああ、やっぱり才吉だったね」

笑顔になって富士太郎は声をかけた。

「ああ、これは樺山の旦那――」

富士太郎を見て才吉が丁寧に辞儀してきた。

「才吉、またしても願人坊主の骸が見つかったそうだね」

富士太郎は才吉にすぐさま水を向けた。

「さようでございます」

富士太郎を見返して才吉が点頭した。

「こたびも、むごい死にざまらしいとのことでございます」

「むごいというと」

顔をしかめて富士太郎はきいた。才吉は辛そうな顔つきになった。

「なんでも大石に体を潰されているそうです」

「それはまた……」

その様子を頭で思い描いて、富士太郎は言葉を失った。

「よし、才吉、さっそく行こう。案内してくれるかい」

気を取り直して富士太郎はいった。

「もちろんでございます」

うなずいて才吉が軽く息を入れた。

「大丈夫かい。駒込浅嘉町の自身番から、ここまで走ってきたのだろう。もう息はととのったかい」

「はい、大丈夫です。走れます」

「おいらは足があまり速くないんだ。才吉、おいらに合わせて走ってくれるかい」

「承知いたしました」

笑顔で才吉が答えた。

「では、まいりましょう」

くるりと体を返して、才吉が大門の下を出る。すぐに富士太郎は続いた。

大門を出たところに伊助が立っていた。

「伊助、おはよう」

富士太郎は声をかけた。

「おはようございます」

伊助が腰をかがめてくる。

「伊助、今からこの才吉の案内で、上駒込村へ行くよ」

「はい、わかりました」

なにがあったのか、富士太郎は簡潔に説明した。それを聞いて伊助が、えっ、という顔になった。

「また願人坊主の骸が……。今度は大石に体を潰されたんですか」

「どうやらそのようだよ」

足を止めていた才吉が、よろしいですか、という顔で富士太郎を見る。

「うん、いいよ。才吉、行っておくれ」

「わかりました」

首を縦に動かして、才吉が道を走りはじめる。富士太郎の言葉を忠実に守っているようで、富士太郎にとって、ちょうどいい速さである。

――こいつは、実にありがたいね。犯罪人もこれくらいで逃げてくれたら、いつでも捕まえられるのにね……。

富士太郎たちから逃げるとき、犯罪人は常に全力で駆けるのだ。それを追う富士太郎たちは大変なこと、この上ない。犯罪人を捕縛する頃には、へとへとになるのが常だった。

三

自ら背中に背負った刀袋を、肩を揺すって曲田は背負い直した。

その動きを気にしたか、曲田の乗馬がぶるる、と鼻を鳴らした。それと同時に、馬の口から白い息が煙のように盛大に上がった。今朝もひどく冷え込んでいる。

六兵衛が轡を強く握り、馬の動きをがっちりと押さえ込んだ。それだけで、馬はおとなしくなった。

――昨夜は帰ってこられなんだが、今朝は屋敷にいらっしゃるだろう……。

手綱を握った手をこすり合わせつつ、曲田は本山相模守のことを考えた。

昨夜はおそらく御役目で遅くまで働いていただろうから、本山も朝はゆっくりと寝ていたいだろうと思い、早朝に本山屋敷を訪れるのは遠慮し、少し刻限をずらして訪問することにしたのだ。

いま刻限は五つ近いはずだ。このくらいの刻限なら、昨夜いくら遅かったからといっても、本山もすでに起きているのではないか。

た。

「御奉行、到着いたしました」

六兵衛が曲田に告げ、馬が立ち止まった。下馬しようとして、曲田はとどまった。

――おや。

馬上で曲田は顔をしかめた。本山屋敷から、なにかただならぬ強い気が寄せてきているような感じを受けたのである。

曲田の乗馬も落ち着かない様子で、鼻を何度も鳴らしたり、体をよじったりしている。それを、六兵衛が轡で押さえていた。

しかも、この刻限なら開いているはずの長屋門ががっちりと閉まっていた。

――なにかあったのか……。

もしあったとしたら、本山相模守のことに決まっている。

下馬した曲田は長屋門に近づき、くぐり戸を叩いた。

しかし、なかなか小窓は開かなかった。本山相模守の身が気にかかってならない曲田は、繰り返しくぐり戸を叩き続けた。

すると、ようやく小窓が開いた。昨夜とは別の門番のようで、若い感じがした。

「どちらさまでございましょう」

丁寧な口調で門番がきいてきたが、口調はどこか重い。

――やはりなにかあったのではないか。

曲田は名乗り、用件を告げた。

「本山相模守さまにお目にかかりたい」

「殿さまに御用でございますか……」

小窓の中で顔をゆがめたらしい門番が、どこかいいにくそうにする。

「いえ、あの、まことに申し訳ないのでございますが、いま殿さまにお目にかかることはできないのでございます……」

「もしや、相模守さまは千代田城からまだお戻りになっておらぬのか」

そんな気がして、曲田はずばりときいた。

「えっ、い、いえ、そのようなことがあるはずがございません……」

だが、若い門番が嘘をついたことは明白である。大名が上屋敷にその日のうちに帰ってこないなど、あってはならないことで、法度に反するものだ。

若い門番は、そのことを町奉行の曲田に隠そうとしたにちがいない。

――いまだに屋敷に戻っておらぬとは、本山相模守さまは、なにゆえそのような仕儀になったのか……。

あまりに思いがけないことで、曲田は呆然とするしかない。

——もしや折尾摂津守郷龍を盗まれたことを苦にして、本山相模守さまは出奔《しゅっぽん》されたのではあるまいか……。

出奔の先には、なにがあるのか。

——まさか、本山相模守さまは短気を起こされたのではあるまいな……。

なにしろ、将軍に折尾摂津守郷龍を見せなければならないのは今日なのだ。

——もはや間に合わぬと判断され、一人で死に行く場所を求めて、出奔されたのではあるまいか……。

そんな考えが心をよぎっていく。否定できない自分に、曲田は顔をゆがめた。

こほん、と空咳《からせき》をし、小窓の門番を見た。

「昨晩、わしが別の門番に話を聞いたところでは、相模守さまは夜遅くまで千代田城内にいらしたということだった。しかし、その後いなくなられたということか……」

「あの、まことに申し訳ないのでございますが、詳しい話は、手前にもよくわからないのでございます……」

若い門番という軽輩《けいはい》に、本山相模守についての子細《しさい》を話す者など、そうはいないのだろう。

そのとき不意に、きしんだ音を立ててくぐり戸が開き、一人の侍が外に出てきた。

「おっ、泉谷ではないか」

本山家の用人をつとめる漢之助である。疲れ切ったような顔をしているのは、やはり本山の身になにかあったからではないか。

「今朝、曲田伊予守さまがこちらにいらっしゃるという話を、門番の一人から聞いておりました。それで、それがしはこの門の近くでお待ちしておりました」

そういうことか、と曲田は思った。

「泉谷、相模守さまがまだ戻っておらぬというのは、まことなのか」

曲田にきかれ、漢之助が困ったような顔になった。憔悴《しょうすい》の色が、さらに濃くなったように曲田には見えた。

「あの、このような場所で立ち話もできませぬ。伊予守さま、中にお入りくださいませんか」

「ああ、そのほうがよかろう」

同意した曲田は後ろを振り返り、六兵衛を見た。

「済まぬが、そなたはここで待っていてくれ」

「承知いたしました」

馬の手綱を握って六兵衛が答えた。

「では伊予守さま、まいりましょう」

一礼した漢之助が、曲田をいざなう。

刀袋を背中から下ろして、曲田はくぐり戸に身を沈めた。そのあとに続いた漢之助が、くぐり戸を静かに閉め、閂を下ろす。

母屋《おもや》まで、曲田は敷石を踏んで進んだ。母屋の玄関を入り、漢之助の案内で、ひどく冷えている廊下を歩く。

――この屋敷は、今朝も一段と寒く感じられるな……。

身をぶるりと震わせそうになったが、曲田は腹に力を込めてこらえた。

滝と雪山が描かれた襖の前で、漢之助が足を止める。襖をそっと横に滑らせた。

「どうぞ、お入りになってください」

客間には火鉢が置かれ、暖かかった。曲田が来ることを知っていた漢之助の心遣いであろう。

座布団が敷いてあったが、刀袋を畳に置いた曲田は後ろに下げて座した。

曲田の向かいに、漢之助が端座する。刀袋にちらりと目を投げた。

「それで、相模守さまはどうされたのだ」

前置きを口にすることなく、曲田は漢之助にただした。

「それが……」

言葉を途切れさせたが、漢之助がすぐに面を上げ、曲田をじっと見る。

うむ、とうなずいて、曲田は覚悟して話を聞く姿勢を取った。

「昨日ですが、殿は日が沈んですぐに城を下がられたようなのです」

「日没直後に、本山相模守さまは下城されたというのか。下乗橋《げじょうばし》のところで、供の者たちが待っていたはずだが……」

「供の者の目を盗んで、殿は姿をくらましたようなのです。供の者たちは、お帰りが遅いと思いながらも下乗橋のところで、ずっと殿のお帰りを待っておりました」

ふーむ、と曲田はうなった。

「相模守さまが供の目を盗んで……」

「さようにございます」

いかにも無念そうに漢之助が答えた。

――相模守さまはやはり出奔されたのではないか。これはまずい……。

ふむう、と曲田の口から再びうなり声が漏れ出た。

「泉谷、相模守さまがいなくなったのがわかったのはいつのことだ」

漢之助をまっすぐに見て、曲田は新たな問いを放った。

「昨晩のことです。夜も四つを過ぎ、いくらなんでも遅すぎると、殿の身を案じた供の一人が、お城に赴いたのです。そのときに判明いたしました」

「しかし泉谷、なにゆえ相模守さまはそのような真似をされたのだ」

「やはり、折尾摂津守郷龍を盗まれたことが、心の重荷になったのではないかと存じます」

「しかし、折尾摂津守郷龍は見つかったぞ。これがそうだ」

畳の上の刀袋に曲田は触れた。

「やはり、そうでございましたか……」

刀袋を見やった漢之助が、納得した顔つきになった。

「せっかく伊予守さまが折尾摂津守郷龍を見つけ出してくださったというのに、

殿はいったいどこに行かれてしまったのか……」

顔を天井に向けて漢之助が嘆いた。

「泉谷、相模守さまが足を運ばれそうな場所に、心当たりはないのか」

「下屋敷や中屋敷には人を遣わしました。殿のご実家である鵜殿さまのお屋敷には、それがしが行ってまいりました。しかし、どこにも殿はいらっしゃいませんでした」

「奥方の佳子さまの実家の安倍家はどうだ」

「調べてみましたが、そちらにもいらっしゃいませんでした」

「泉谷、ほかに心当たりはないのか」

「申し訳ないのですが、それがないのでございます。殿が一人で行かれるようなところには一つも……」

恥ずかしげにうつむいた漢之助が、すぐに顔を上げて曲田を見つめてくる。すがるような表情をしている。

「伊予守さまには、心当たりはございませぬか」

「わしか」

漢之助にいわれて曲田は畳を見つめ、本山が行きそうな場所に心当たりはないか考えてみた。しかし、一つも心に浮かんでくるものはなかった。

ここ何年かで本山とはずいぶん疎遠になっていたことを、曲田は思い知った。

「わしにもない……」

こんなときに樺山なら、と曲田はすぐに思った。

——いったいどんな考え方をするのだろう。

「相模守さまが親しくされていた者は誰だ」

思いついたことを曲田はきいた。

「それが、殿は前《さき》の奥方さまを失って以来、生来の明るさを失ってしまわれ、いつも気分が落ち込んでいる様子でしたので……」

唇を噛み、漢之助が悔しそうにいった。

——そういう者と親しく付き合おうとする者は、まずおらぬということか……。

「相模守さまには、懇意にしていた寺や神社はないのか」

「申し訳ないのですが、それもございませぬ。寺社奉行所の与力や同心として働いている家臣には、昵懇《じっこん》の寺や神社がいくらもありましょうが、殿には一つもありませぬ」

そうか、と曲田はいった。

「では、女はどうだ」

えっ、という顔で漢之助が曲田を見る。

「いえ、殿は今も側室を置かれておりませぬ。女という筋は、殿に限っては考えられませぬ」

その通りなのだろうな、と曲田は思った。

——手詰まりだな。

ここで漢之助と話していても、埒《らち》が明《あ》かないような気がした。

——いったん番所に戻り、樺山や荒俣に知恵を借りたほうがよくはないか。

そうすべきだ、と曲田は思った。

「泉谷、わしも相模守さまを捜し出すことに力を貸すぞ」

曲田は漢之助に申し出た。

「さようにございますか」

漢之助の顔に喜色《きしょく》が差した。

「番所としては役目違いゆえ、さすがに総力を挙げてというわけにはいかぬだろうが、できる限りのことはするつもりでおる」

「ありがたきお言葉に存じます」

漢之助は感激の面持ちだ。

「泉谷、今日は上さまに折尾摂津守郷龍をお目にかける日であったな」

「さようにございます。今日の暮れ六つでございます」

辛そうな顔で漢之助が答えた。

「ふむ、暮れ六つか……」

遅くとも夕方の七つまでには、本山を見つけなければならない。

――それまでに相模守さまが戻ってくれればよいが、無理であろうな。とにかく、あれやこれやと考えているばかりではなく、今は動くことが肝心であろう。

気にかかることが一つあった。

「相模守さまの失踪だが、もう奥方のお耳には入っているのか」

「はい、奥方さまはすでにご存じでございます。実家に知らせるべきだとおっしゃるのを、家臣一同、なんとか抑え込んでいるところでございます」

「それは大変だな」

もし奥方の佳子によって、本山相模守の失踪が武家を取り締まる大目付の知るところになったら、どうなるだろうか。

——今そのことを考えても仕方あるまい。

「では、これでな」

漢之助に告げて、曲田はすっくと立ち上がった。かたわらに置いた刀袋を見る。

——これは、わしが持っているほうがよかろう……。

本山を見つけた際、曲田が折尾摂津守郷龍を所持していれば、本山屋敷に立ち寄ることなく、将軍のもとに直行できるからだ。

そのときの本山の着衣が上さまにお目にかかるのにふさわしいものかどうか、という問題はあるが、そのあたりはきっとなんとでもなろう。

——とにかく、まずは本山相模守さまを見つけ出すことだ。

強い決意を胸に抱き、曲田は畳の上の刀袋を手に取った。

四

南町奉行所から半刻もかからず、富士太郎たちは上駒込村に足を踏み入れた。

下駒込村と同様、あたりは畑が多く、雑木林や百姓家が散見される。濃い緑が冬の日に輝きを放って、富士太郎の目にまぶしいほどである。

「あちらです」

上駒込村に入って二町ほど行ったところで、才吉が声を上げた。右手を上げて、前方を指している。

富士太郎が顔を上げると、大勢の者がたむろしているのが見えた。多くの樹木が葉を落としている雑木林の端である。

「ああ、あそこかい」

町奉行所から走り続けて、さすがに疲れを覚えていたが、力を振りしぼって富士太郎は足を速めた。あっという間に、人垣ができている雑木林に着いた。

「南の御番所から、樺山の旦那がお見えになったよ。さあ、どいておくれ」

才吉が声を張り上げると、野次馬とおぼしき者たちが、一斉に道を空けた。そこを富士太郎たちは通り抜けた。

百舌《もず》らしい鳥が頭上をさっと横切り、富士太郎たちを警戒するかのように、甲《かん》高《だか》い鳴き声を発した。

なにもしないから恐れずともいいよ、と一瞬で姿が見えなくなった百舌に富士太郎は心で語りかけた。

足をさらに進めると、崖の下でじっとしている検死医師の洞安の背中が目に入った。しゃがみ込んで、熱心に検死を行っているようだ。

どうやら、洞安の向こう側に死骸があるらしい。

検死中の洞安を邪魔しないよう、富士太郎は大きく回り込んで死骸に近づいた。地面にうつ伏せている死骸が視界に入り、うっ、と声が出そうになった。

一人の男が、大石の下敷きになっていた。四方に伸びた両手両足が、潰れた蛙《かえる》のもののように見える。

口からはおびただしい血が流れ出ており、そこだけ地面をちがう色に変えていた。目は苦しげに、かっと大きく開かれている。

——この死に方は実にむごいね。

事故だろうか。いや、殺しの可能性がひじょうに高いのではないか。

——なにしろ、死んだのはまたしてもすたすた坊主だからね。偶然とは到底、思えないよ。

寺などでよく見る手水鉢《ちょうずばち》を一回り大きくしたくらいの大石が背中に乗っているが、下半身が裸で、腰に蓑を巻いている。大石に潰されているのは、主に上半身である。

ここからほど近い下駒込村で空から降ってきたのも、すたすた坊主だった。

——この体を潰されたすたすた坊主と、前のすたすた坊主の死が関係ないと思うのは、愚か者のすることだよ。いや、どんな愚か者だって、そんな馬鹿な考えはしないだろうさ。

「それにしても、どこからこの大石はやってきたんですかね」

体を潰された死骸を目の当たりにして、伊助がつぶやいた。

「本当だね」

富士太郎はあたりを見回した。そばに高さ一丈ほどの崖がある。富士太郎は見上げた。

「そこから石を落としたのかな」

「ああ、そうかもしれません」

「そこに登れるかな」

「崖の後ろ側に回れば、もしかすると行けるかもしれません」

「うむ、そうだね」

行ってみると、崖の背後はなだらかな斜面になっていた。富士太郎と伊助は、すぐさま斜面を登りはじめた。

ほんの三間ばかりで、斜面は崖になって終わっていた。斜面の端からは、体の潰れたすたすた坊主の骸がはっきりと見えた。

斜面の一番端に、一枚の分厚い板があった。その上に轍《わだち》らしい跡があるのを富士太郎は見つけ、かがみ込んだ。

「これは荷車の跡かな」

土でできた二つの茶色い筋が、板になすりつけられたようになっている。

「ええ、そう見えますね」

すぐに伊助が同意してみせる。つまり、と富士太郎は伊助にいった。

「下手人は、ここまで荷車で大石を運んできたんだね。ここに板を敷いたのは、車輪が土にめり込まないようにするためだろう。崖のぎりぎりまで荷車を押していき、荷車を傾けて大石を下に落としたんだ……」

「下には、すたすた坊主がうつ伏せになっていたんですね。殺しというのが、樺山の旦那、はっきりしましたね」

「ああ、そうだね」

ところで、と伊助がいった。

「死んだすたすた坊主は、気を失っていたのでしょうか」

「ああ、そうかもしれないね。下手人に気絶させられ、この下に置かれたんだろう。気を失っているときに、石を落とされたんじゃ、避けることなんか、できはしない」

「ええ、そうですね」

それにしても、と顎をなでて富士太郎はつぶやいた。

「下手人は、なんでこんな殺し方をしたんだろう」

富士太郎には疑問でしかなかった。

「ああ、そうですね」

富士太郎の言葉の意味を解したらしい伊助が、顎を引いた。富士太郎の頭の巡りのよさに感心したような顔をしている。

「わざわざ大石で体を潰すような真似をせずとも、もっとたやすく殺す手立てなど、いくらでもありますからね」

そうだよ、と富士太郎はいった。

「刃物で刺し殺してもいいし、紐《ひも》で首を絞めたっていい。わざわざ上から大石を落として殺すだなんて、力が要るし、大変だよ。非力なおいらでも、なんとかできるかもしれないけど、まあ、ふつうはしないね」

「そうですね」

すかさず伊助が相槌を打った。

「前のすたすた坊主を殺したのと、同じ下手人だろうと思うんだ。最初は、すたすた坊主を空に飛ばして殺した。次は、崖の上から大石を落として殺した」

「二つとも滅多にない殺し方ですね」

「その通りだよ」

伊助を見て富士太郎は強い口調でいった。

「少なくとも、おいらは両方とも初めてだね。定廻り同心として、まだそんなに長く勤めたわけではないけどさ……」

「多分、樺山の旦那より長く御番所に勤められている他の同心の方たちも、見たことがない殺し方ではないでしょうか」

「うん、そうかもしれないね」

同じような殺し方の事件がこれまでになかったか、例繰方《れいくりかた》の高田《たかだ》観之《かんの》丞《じょう》にきいてもよいかもしれない。

「だから、この二つの殺しには、下手人なりになんらかの意図があるんだろうね」

「ああ、そうなのでしょうね」

伊助が大きくうなずいた。

洞安がそばにいる者たちに、大石を仏の上からどけるように頼んでいる。すぐさま四人の男が進み出て、大石を囲んでしゃがみ込んだ。大石の下に手を差し入れて、そおれっ、と一人がかけ声をかけた。それを合図に大石が持ち上がり、死骸から少し離れた地面に、どすん、と置かれた。

富士太郎は死骸の背中を見た。案の定、ぐしゃぐしゃになっていた。背骨がずたずたに折れ、血で真っ赤に染まった皮膚が切れて、潰れた臓腑らしいものがのぞいている。

――ひどいものだね……。

富士太郎は死骸から目をそむけたかったが、我慢して見ていた。

死骸をひっくり返すようにして検死をしていた洞安が、やがて腰を押さえながら立ち上がった。

「どうやら、洞安先生の検死が終わったようだよ。伊助、下に行こう」

「わかりました」

伊助とともに富士太郎は斜面を下って、洞安のところに向かった。

「ああ、これは樺山さん」

遠慮がちな笑みを浮かべて、洞安が富士太郎に声をかけてきた。

「洞安先生、いつもご足労をおかけし、ありがとうございます。検死は、もう終わりましたか」

洞安のそばに寄って富士太郎はたずねた。

「ええ、終わりました」

手ぬぐいで洞安が顔の汗を拭う。

「洞安先生、この仏が死んだのは、いつのことでしょう」

「死んだのは、昨日の深夜ではないでしょうか。体のこわばり方からして、そうではないかと思います」

「この仏は、大石で押し潰されて死んだのですか」

富士太郎は死因をきいた。

「ええ、そうでしょうね。ほかに傷らしいものはありませんでしたから」

「洞安先生、この仏は気をうしなっているところを、あの崖の上から石を落とされたのでしょうか」

ええ、と洞安が重々しくうなずいた。

「それしか考えられませんね。さっきもいいましたが、石が落ちてきたときは、まだ生きていたでしょうから」

ほかに死に至るような形跡がないことが、そのことを裏づけているのだ。

ほかになにかきくべきことはないか、と富士太郎は考えた。だが、思いつくようなことはなかった。

「洞安先生、どうもありがとうございました。検死、感謝いたします」

「いや、こちらこそ、ありがとうございます。流行《はや》っていない町医者には、検死の代もありがたいものですからね」

「流行っていないなど、とんでもないですよ」

「ああ、留書は今日のうちに書いて、自身番に届けておきますよ」

「わかりました」

たいていの場合、自身番から翌日には町奉行所に届くようになっている。

「では、これで失礼いたします」

丁寧な口調でいって洞安が頭を下げ、その場を去っていく。富士太郎は洞安を見送った。

道が右に曲がって、洞安の姿が見えなくなった。富士太郎は、死骸のそばに置かれた大石に目を当てた。

——下手人は、この石をいったいどこから持ってきたのかな。このあたりによくある石なのかな。

大石は褐色《かっしょく》をしていた。どこにでも転がっているような石とは思えないが、さほど珍しいものでもないように思える。

——こいつは、神社の鳥居とかにも使われている石じゃないかな……。

「伊助、これはなんという石かわかるかい」

「御影石《みかげいし》じゃないですかね」

「ああ、これも御影石かい。御影石というと、おいらは黒っぽいものだと思っていたよ」

「いろいろ種類があるんですが、これは播磨本御影《はりまほんみかげ》というものじゃないですかね」

「播磨本御影かい」

「播磨国の御影という地で取れる石だから、御影石というんですが、似たような石はどこでも取れるんですよ。それで大島石、庵治石《あじいし》、青木石、本山崎石《ほんやまざきいし》、芝山石《しばやまいし》など、いろいろあるんです。御影で取れる御影石のことを、本御影と呼ぶんです」

「へえ」

富士太郎は驚きを隠せない。

「伊助、おまえさん、ずいぶんと石について詳しいんだね」

「実は一時、あっしは石工《いしく》になろうとしていたんですよ」

「えっ、そうなのかい」

「まだ十二歳くらいのときから石屋で働きはじめて、けっこう一所懸命に仕事をしたんですが、結局、その石屋が潰れてしまいましてね。ほかの石屋に行くという手もあったんですが、もう石工はいいかなってそのときは思って、やめたんですよ」

「ああ、そうだったんだね」

伊助はまだ若いのになかなか苦労をしているんだね、と富士太郎は思った。

「それで伊助、これは播磨本御影なんだね」

「ええ、まちがいないと思います」

「珍しい石かい」

「いえ、そうでもありません。庭石にもよく使われますし……」

「ああ、そうだろうね」

もしこれが珍重《ちんちょう》されるような石なら、と富士太郎は思った。石屋を当たるという手もあるが、別段、珍しくない石では、納入先をきかれても、あまりに多すぎて石屋も戸惑うだけだろう。

しかも、このあたりには、大名家や大身の旗本家の下屋敷が多くあるのだ。播磨本御影は、庭石として、この辺の武家屋敷にきっと数え切れないほどの数がおさめられているにちがいない。

——やはり、殺された二人のすたすた坊主の身元を明かすほうが、この一件を解決するのに、きっと近道だろうね。

ひざまずいた富士太郎はすぐさま、腰の矢立から筆を取り出し、殺されたすたすた坊主の人相書を描きはじめた。

すぐに描き終え、富士太郎は伊助に人相書を見せた。

「どうかな」

「ええ、よく似ていると思います。生前、このすたすた坊主はこんな顔をしていたんだな、というのがよくわかります」

——伊助がそこまで褒めてくれるなら、出来は大丈夫だね……。

墨が乾いているのを確かめて、富士太郎は人相書を折りたたんで懐にしまった。

そこに上駒込村の村役人の参蔵《さんぞう》がやってきた。腰の曲がった年寄りで、杖を突いている。

「ああ、参蔵、よく来てくれたね」

すぐに歩み寄り、富士太郎は声をかけた。

「ああ、これは樺山の旦那」

足を止めた参蔵が、しわがれ声で挨拶してきた。

「なんでも、こちらで死骸が見つかったと聞いたんで、手前はあわてて飛んでまいったのですが……」

「足がよくないのに、わざわざ済まなかったね。参蔵、そちらに仏がいるけど、心してみたほうがいいよ」

「は、はい、わかりました」

杖を使って参蔵が死骸に歩み寄る。

「ひどいですね」

それでも肝が据わっているのか、参蔵は目をそむけなかった。

「おや……」

死んだすたすた坊主の顔を見て、参蔵が声を漏らした。

「参蔵、知っている者かい」

「この前、うちに門付けに来た男ですね」

「えっ、本当かい。この前というと、いつのことだい」

「五、六日前ですかね」

「そのとき話はしたかい」

「ええ、ちょっとだけしましたよ。たあいもない話ですが……」

「そのとき、この男の名はきいたかい」

「手前はきかなかったんですが、自分から名乗りましたよ。天邪鬼《あまのじやく》だといっていました」

「天邪鬼だって」

「渾名《あだな》だと、自分でいっていましたよ」

「本名は」

「いえ、いいませんでした」

「そのとき、ほかに仲間はいなかったかい」

「ええ、いました。二人」

「そのうちの一人はこの男じゃないかい」

懐を探り、富士太郎は空から落ちてきて死んだすたすた坊主の人相書を取り出した。それを参蔵に見せる。

人相書を受け取った参蔵が、目を細めてじっと見る。

「ああ、この人は天狗と呼ばれていましたね」

「天狗かい」

天狗と呼ばれた男が、空から落ちてきて死んだ。これはなにか因果《いんが》があるのだろうか。

あるのだろうね、と富士太郎は思った。

——そういえば、寺の山門などで仁王像の足の下で踏み潰されているのが、天邪鬼じゃなかったかな……。

確かそうだ、と富士太郎は思った。

「その者たちだけど、どこかを根城にしているとかいっていなかったかい」

顔を上げ、富士太郎は参蔵を見つめた。

「ええと、護国寺《ごこくじ》のほうに根城があるっていっていましたよ」

「護国寺か……」

これまで、空から降ってきたすたすた坊主の調べで、護国寺まで足を延ばしたことはなかった。

――しくじりだね。

すたすた坊主の身元を調べたのはたった一日だけだったことを、富士太郎はいいわけにするつもりはなかった。

――でも、しくじりは取り返せばいいのさ。

すぐに富士太郎は気を取り直した。

「参蔵、この仏はとりあえず上駒込村で預かってくれるかい。身元がわかったら、すぐに縁者に引き取りに来させるから」

「わかりました。縁者は見つかりそうですか」

「参蔵の話がだいぶ参考になったよ。おいらたちは今から護国寺のほうに行ってくるよ。それできっと縁者が見つかるはずだ」

力強く富士太郎はいった。

「わかりました。ではお預かりしますので、どうか、よろしくお願いいたします」

真摯な口調でいって参蔵が深く腰を折った。

「では参蔵、行ってくるよ」

そばに立っていた伊助に、行くよ、と声をかけ、富士太郎は歩き出した。

「護国寺に行けばよろしいんですか」

富士太郎の前に出た伊助がきいてきた。

「そうだよ」

「わかりました。手前が先導いたします」

富士太郎たちは人通りの多い道に出た。護国寺を目指してひたすら歩きはじめた。

五

四半刻ばかりのち、護国寺の門前に着いた富士太郎たちは音羽町《おとわちょう》に入った。

この町は、護国寺の参道沿いに一丁目から九丁目まである。

——そういえば、この町には倉田どのが千勢《ちせ》さんやお咲希《さき》ちゃんと暮らしているね。倉田どのを殺し屋として追っているとき、千勢さんたちはどうなるかと思ったけど、結局はみんな幸せになってよかったよ……。

もっとも、富士太郎は佐之助たちがいま何丁目で暮らしているのか、知らない。

富士太郎は、音羽町一丁目の自身番に入った。詰めていた町役人に、願人坊主がたむろしているところを知らないか、たずねた。

「ああ、知っていますよ。もっとも、願人坊主だけじゃなくて、町の破落戸《ごろつき》どもも、集まっているようですが」

三人いる町役人の中で最も若い男が答えた。

「どこにいるんだい」

「目白坂の近くに廃寺《はいじ》があるんですが、そこに何をするでもなく、たむろしていて、その中に願人坊主もいるって話を聞いたことがあります。酒盛りを始めたりして、近くの者は迷惑しているらしいんです。でも、お寺さんなんで、寺社奉行さまがなんとかしてくれるとありがたいんですが、今のところ、なんともならないようです」

「うん、わかったよ。ありがとね」

礼をいって富士太郎は自身番を出た。

「伊助、目白坂に行くよ」

伊助に告げて、富士太郎は道を歩き出した。目白坂の場所はよく知っている。近くにあるという廃寺のことも、わかっている。

寒風をものともせずにずんずんと歩いて、富士太郎は廃寺の前に立った。

けっこう広い境内で、山門も大きくて立派だ。

境内の最も奥まったところに本堂らしき建物があり、そこから出てくる、何人かの人影が見えた。

「よし、行くよ」

伊助にいって、富士太郎は山門をくぐった。町方役人が聞き込みなどで寺社に入ることは、別に法度《はっと》で禁じられていない。

「あれ、これは八丁堀の旦那じゃありませんか。こんなところに珍しいですね」

軽口を叩いたのは一人の若い願人坊主だった。

「ちと人殺しの調べで来たんだ」

富士太郎の言葉を聞いて、横にいる、よく肥えた別の願人坊主が、目を大きく見開く。

「えっ、あっしらは誰も人殺しなんかしちゃいませんよ」

「おまえさんたちが殺したとは思っていないんだ。もっとも、それも考えのうちに入れておかなきゃいけないんだけど……」

懐に手を突っ込んだ富士太郎は二枚の人相書を取り出し、若い願人坊主と肥えた願人坊主に渡した。

「おまえさんたちは、その二人を知っているかい」

二人の願人坊主が、それぞれの人相書に目を落とす。

「ええ、よく知っていますよ。仲間ですよ、この男は」

「こっちの男も仲間です」

「一人は天狗で、もう一人は天邪鬼という渾名らしいね」

「よくご存じで……。あの、八丁堀の旦那、この二人がどうかしたんですかい。人相書にされちまって……」

「二人とも死んだよ」

「ええっ」

その悲鳴のような声に、どうした、なにがあった、と口々にいって、博打打ちと思《おぼ》しき他の連中もわらわらと集まってきた。

「天狗と天邪鬼が死んだそうだ」

若い願人坊主が他の者たちに伝えた。

「なんだと」

恰幅《かっぷく》のよい願人坊主が声を上げた。

「なんで死んだんですかい」

今度はすたすた坊主らしい恰好をした男が富士太郎にきいてきた。この男は、河童《かっぱ》のくちばしを思わせる口をしている。

「殺されたんだよ」

「えっ、殺された」

一瞬で、河童口《かっぱぐち》の男が顔色を変えた。

「誰にやられたんですかい」

顔をぐいっと前に出し、恰幅のよい願人坊主がきいてきた。

「それをいま調べているんだ」

冷静な口調で富士太郎は告げた。

「天狗と天邪鬼だけど、本名はなんというんだい」

「天邪鬼は、厳蓮坊《げんれんぼう》といいます」

恰幅のよい願人坊主が答えた。

「じゃあ、天狗は」

「典院坊《てんいんぼう》といいます」

「あの、八丁堀の旦那、二人が殺されたというのはまちがいないんですかい」

河童口の男が横から富士太郎にきいてきた。

「まちがいないよ」

河童口の男に富士太郎はいった。

「天狗は空から落ちて死んだし、天邪鬼は石に潰されて死んだんだ」

「えっ、天狗は空から落ちたんですか」

恰幅のよい願人坊主が問うてきた。

「空から落ちて死ぬだなんて、どうすればそんなことができるんですかい。天狗は渾名だけで、本当に空を飛べるはずがないでしょうに……」

「どうやって天狗が空を飛び、落ちたのか、それも調べなきゃいけないんだけどね。おまえさんたち、二人を殺した下手人に心当たりはないかい」

声を張り上げるようにして、富士太郎はたずねた。

「下手人ですかい……」

恰幅のよい願人坊主がつぶやく。

「天狗と天邪鬼は格別に親しかったんですよ。天狗は鼻が特に高いんで、そう呼ばれていたんですけど」

「天邪鬼は厳蓮坊といったね。なにゆえ天邪鬼なんて渾名がついたんだい」

「厳蓮坊は、文字通り天邪鬼な性格をしていたから、そう呼ばれていたんですよ」

「性格がね……」

人の意見に素直に従わないとか、人の意見にいつも言い返してばかりいるとか、人とはまったく異なる振る舞いをするとか、そういうたちの男だったのだろう。

それでも、天狗とは馬が合ったのか、仲がよかったのだ。

「厳蓮坊と典院坊の二人と、親しくしていた者はいないのかい」

富士太郎は、新たな問いを願人坊主たちにぶつけた。

「その二人と仲がよかったのは、河童ですよ。いつも二人とつるんでいましたからね」

「河童かい」

つい今まで近くにいた男は、河童口をしていた。

「さっきまでここにいた河童口の男が、もしかして河童かい」

「さようですが、あれ、いなくなってしまいましたね……」

二人の死を知って逃げ出したんだね、と富士太郎は覚《さと》った。今から追っても追いつける気はしなかった。

——あの河童という男が、二人の死についてなにか事情を知っているにちがいないよ。

もしかしたら、と富士太郎は考えた。河童は身の危険を感じたのかもしれない。

「河童の本名はなんというんだい」

恰幅のよい願人坊主に富士太郎はきいた。

「河童は等想坊《とうそうぼう》といいます」

なかなかいい名だね、と富士太郎は思った。

「等想坊の行きそうなところに、心当たりはないかい」

富士太郎は、恰幅のよい願人坊主にすぐさま問うた。

「いえ、知りませんねえ」

表情からして、別に等想坊のことをかばっていっているわけではないようだ。

念のために富士太郎はほかの願人坊主にも同じ問いを発した。しかし、誰も等想坊の行方に心当たりがある者はいなかった。

「このあたりで願人坊主がよく行くようなところは、ほかにあるかい」

「このあたりですか。ありませんねえ」

「このあたりでなくてもいいよ。願人坊主が出張るところを教えてくれないか」

「あっしらは、以前は神楽坂《かぐらざか》によくいて、時たま、ここに来ていたんですがね……」

その手の者がほかにもいるのではないか、と富士太郎は思った。

――しかし、この者たちは本当に知らないみたいだし、ここは地道に聞き込みをしていかなきゃ、ならないようだね。

くそう、と思って富士太郎は唇を嚙んだ。

――どうして、河童から目を離してしまったんだろう……。

「死んだ二人にうらみを持っているような者をおまえたち、知らないかい」

気を取り直して、富士太郎は願人坊主たちにたずねた。

そこにいる仲間たちが顔を寄せ合って、ひそひそ話をはじめた。すぐに恰幅のよい願人坊主が輪から外れ、富士太郎に顔を向けてきた。

「正直にいいますと、河童を含めた三人はよくつるんで悪さをしていたんですよ」

「どんな悪さだい」

「町人を脅して金品を巻き上げたり、留守の家に忍び込んで金を盗んだり、人の家に押し入って娘や女房を手込めにしたり、まあ、そんなことですよ」

苦々《にがにが》しげな顔で、恰幅のよい願人坊主がいった。

「あんな悪さばかりしていちゃあ、いい死に方なんてできるわけがありませんよ。いつかこんなことになるんじゃないかって、あっしらは言い合っていましたよ」

「おまえたちは、悪さはしないのかい」

「しませんよ。あっしらは真っ当な願人坊主ですから」

「真っ当な願人坊主かい……」

「罰が当たるようなことは決してしませんよ。だって、源義経公と縁が深い鞍馬寺からやってきたんですから」

「天狗や天邪鬼、河童も鞍馬寺からやってきたのかい」

「あの三人は鞍馬寺から来た仲間とはちがいます。神楽坂で一緒にいるようになったんですが、あっしらがここにやってくるときも、ついてきちまって。あっしらは迷惑だったんですけど、仲間になっちまっていたんで追い出すわけにもいかず……」

そうかい、と富士太郎はいった。

「それで、河童を含めた三人にうらみを持つ者に、心当たりはあるのかい」

「いえ、特に親しくしていなかったので、心当たりはありません」

富士太郎は他の願人坊主を見た。心当たりがありそうな顔をしている者は、一人もいなかった。

「よし、伊助、引き上げるよ。おまえたち、いろいろと話を聞けて助かったよ。ありがとうね」

礼をいった富士太郎は伊助を連れ、廃寺を立ち去った。

その後、富士太郎と伊助は等想坊の行方を追って、町々の聞き込みをはじめた。

しかし、その日は結局、収穫なしで日暮れを迎えた。

「今日は駄目だったけど、伊助、明日はきっといいことがあるよ」

力強くいって富士太郎は伊助を伴い、南町奉行所を目指した。

闇が深まっていく中、やがて南町奉行所の大門がうっすらと見えてきた。

大門をくぐったところで富士太郎は足を止め、伊助を見た。

「ご苦労だったね。では、伊助、また明日、よろしく頼むよ」

「わかりました。では、手前はこれで失礼いたします」

伊助が深く頭を下げてきた。うん、とうなずきを返して、富士太郎は大門内にある詰所に向かった。

「ただいま戻りました」

声を張り上げて、富士太郎は詰所の板戸を開けた。

しかし、詰所内にはもう誰もおらず、冷たい大気だけが居座っていた。

行灯が一つ灯されているが、大火鉢の中の炭は灰にうずめられていた。火の用心のためだから、これはしようがないことだ。

「うー、詰所の中はひときわ寒いね」

一人つぶやきながら、富士太郎は自分の文机の前に行った。

「あれ、これは……」

文机の上に一枚の紙が置かれており、富士太郎はそれを手にした。裏返して見ると、伝言が記されていた。

『御奉行がお呼びゆえ、戻り次第、御奉行のもとに行くように』

横の机にいつもいる同僚の筆跡だ。御奉行がどんなご用件だろうね、と富士太郎は思案したが、答えが出る前にすでに足が動き出していた。

伝言の紙を畳んで懐にしまい、詰所の外に出る。暗い廊下を歩いて大門をあとにし、敷石を踏んで町奉行所の建物に向かった。

玄関から中に入り、富士太郎は町奉行の執務部屋を目指した。

執務部屋の前に大沢六兵衛がいつものように一人、座していた。富士太郎は曲田への取り次ぎを六兵衛に頼んだ。

「樺山どの、お越しいただき、かたじけなく存じます。御奉行がお待ちかねです」

「遅くなり、まことに申し訳ありません」

すぐに襖が開いた。失礼いたします、と断って執務部屋に入り、富士太郎は少しだけ進んだ。

大きな文机の前に、曲田が座っていた。富士太郎は曲田の向かいに端座した。

曲田の顔色はよいとはいえない。どこかやつれているように見えた。

――はて、御奉行になにかあったのだろうか。折尾摂津守郷龍を見つけたというのに、なにゆえ、このような沈んだ顔をされているのだろう。

いったいどういうことなのか、富士太郎は不思議でならない。

——御奉行のこの呼び出しは、顔色と関係しているのかもしれないね。いや、きっとそうにちがいないよ。

「樺山、よく来てくれた」

曲田が無理な笑みを浮かべていったように、富士太郎には見えた。

「実は、今度は本山相模守さまの行方を追ってほしいのだ」

えっ、と富士太郎は声を漏らした。意外な思いしかない。

「御奉行、どういうことでございましょう」

驚きを顔に貼りつけたまま、富士太郎は曲田にたずねた。

「本山相模守さまは、どうやら失踪したようなのだ」

「失踪とは……。いったいなにゆえでございましょう。折尾摂津守郷龍は見つかったのでございますから、失踪するわけなどないのではありませんか……」

「確かに、本山相模守さまが失踪する謂《い》われはもうないはずなのだが……」

曲田もわけがわからないという風である。

「とにかく、本山相模守さまは昨日から屋敷に戻っておられぬのだ」

「そうなのですか」

富士太郎はあっけにとられるしかない。まさか、そのようなことになっているとは夢にも思わなかった。

うむ、と曲田が顎を引いた。

「本山家はすでに大騒ぎになっておる。一応、わしが暮れ六つに上さまにお目にかかり、折尾摂津守郷龍をご覧いただいた」

「えっ、御奉行が上さまに会われたのでございますか」

「そうだ。ほかに手がなかったゆえな」

「それはお疲れになったでしょう」

「ああ、疲れたな」

そのせいで、曲田はひどく憔悴しているように見えたのだ。

「上さまは、本山相模守さまが見えなかったことについて、なにかおっしゃいましたか」

「ひどい風邪を引いたことにしたが、いずれこの嘘はばれるに決まっている。ゆえに、わしも上さまの鶴の一声で、町奉行を罷免《ひめん》させられるかもしれぬ」

「そんな……」

こんなに素晴らしい町奉行はほかにいない、と富士太郎は思っている。

――御奉行が罷免なんていやだよ。なんとかしなきゃいけないよ。

心は焦るが、いい案は浮かばない。

「樺山」

鋭い口調で曲田に呼ばれ、はっ、と富士太郎は背筋を伸ばした。

「本山相模守さまを捜してくれるか」

「もちろんでございます」

曲田に頼み込まれて、富士太郎が、いやといえるはずがない。

「本山相模守さまと親しくされていたお方には、わしが明日、千代田城に赴き、事情を聞いてくる。そなたは、本山相模守さまの痕跡が江戸の市中にないか、徹底して調べてくれぬか」

「承知いたしました」

「樺山、今夜はしっかりと体を休め、明朝から本山相模守さまの探索を頼む」

「わかりました。御奉行のおっしゃる通りにいたします」

「頼む」

はっ、と一礼して富士太郎は曲田の前を辞した。

誰もいない詰所に戻り、今日一日の動きを記した留書を書いた。

――これでよいかな。うむ、いいね。荒俣さまに直接お渡ししようかな。

富士太郎は留書を文机の上にそっと置いた。

――しかし、大変なことになったね……。

それから火の始末をして富士太郎は、詰所をあとにした。大門のくぐり戸から外に出る。

提灯《ちょうちん》を掲げ、八丁堀の組屋敷に向かって夜道を足早に歩いた。

辻に差しかかり、左側の道から出てきた者があった。その者が手にしている提灯を見て、富士太郎は声を上げた。

「あれ、米田屋《よねだや》さんじゃないですか」

足を止めて富士太郎はきいた。

「その声は富士太郎か」

米田屋琢ノ介《たくすけ》がにこにこと笑っている。その笑顔を目の当たりにして、富士太郎は胸が弾んだ。

「米田屋さん、こんなところで会えるなんて、うれしいですよ」

「ああ、わしもうれしいぞ。富士太郎、壮健そうでなによりだ」

「米田屋さんも元気そうですね。しかし、こんなに遅くまで働いているのですね」

「ちょっと取引先ともめた」

「えっ、大丈夫ですか」

「ああ、大丈夫だ。もめ事は無事におさめてきたからな。それにしても、富士太郎だってずいぶん遅いではないか」

「まあ、そうですが……。しかし米田屋さん、こんなに遅くまで働いていると、狐に化かされますよ」

「わしは狐狸《こり》の類《たぐい》に化かされるほど、愚かではない」

「まあ、米田屋さんは人柄ばかりか頭がいいですからね。人を化かすことはあっても狐狸の類にたぶらかされるようなことはないでしょう」

「わしに喧嘩を売っているのか、富士太郎」

「いえ、とんでもない」

ふん、と琢ノ介が鼻を鳴らした。

「おまえがそんな口をきくなんてめずらしい。疲れた顔をしているな」

「米田屋さん、無礼なまねをしました。このところ、あれこれあって……」

「まあいい。ところで、智代さんはどうだ。順調か」

「ありがとうございます。すこぶる順調です。あと十日以内に生まれるはずです」

「それは近いな。とにかく、順調なのはよかった」

琢ノ介がほっとしたような笑いを見せた。

「やはり初産《ういざん》だからな、わしは気になっておったのだ」

「ありがたいお言葉ですよ」

「生まれたら知らせてくれ。すぐに駆けつけるゆえ」

「わかりました。必ず知らせます」

「頼む」

一瞬、別れをいいかけたように見えた琢ノ介が別のことをいった。

「そういえば、前に不思議なことがあった。富士太郎に伝えようと思って、失念していた」

「不思議なこととおっしゃいますと」

すぐさま富士太郎はきいた。

「今夜と同じように遅くまで仕事をしていた帰り道、頭の上を辻駕籠《つじかご》のようなものが通り過ぎていき、近くの林に落ちたんだ」

「えっ、辻駕籠ですか」

ああ、と琢ノ介がうなずいた。

「木に当たる大きな音がした。わしは、いったいなにが飛んできたのかと思って、音がした林に入っていった。だが提灯で照らしても、人などどこにも倒れておらなんだ。大木のそばに、大きな石が転がっていただけだ」

「米田屋さんの目の前を横切っていったのは、大きな石だったのですか」

「そうではないかな。しかし、二斗樽《にとだる》くらいの大きさの石だぞ。いったい誰がどうやって飛ばすというのだ」

琢ノ介はしきりに首をひねっている。確かにその通りだね、と富士太郎は思った。

琢ノ介を見つめて問う。

「ところで米田屋さんは、空から落ちてきて死んだ願人坊主のことをご存じですか」

「ああ、知っているぞ。だいぶ噂になっておるからな。空を飛んで頭から畑に突き刺さったと聞いておる」

「おっしゃる通りです」

富士太郎に眼差しを注いで、琢ノ介が断ずるようにいった。

「わしの目の前に飛んできた石と、空から落ちて死んだ願人坊主。この二つに関係があるのはまちがいなかろう」

富士太郎に強い眼差しを注いで、琢ノ介が断ずるようにいった。

「ええ、そう考えるのが自然でしょうね」

「石を飛ばしたのは、人を殺すために、事前に技を練《ね》っていたからかもしれんな」

「それはいったいどんな技でしょう」

「さあて、わしにはわからんな。よほどの大力《おおぢから》を誇る者でも、人を宙に放り投げて殺すという真似は、できんだろう」

「人力で無理なら、なんらかのからくりを使ったということでしょうか」

「まあ、そういうことだろうな」

——しかしどんなからくりを使えば、人を宙に飛ばすことができるのだろう。

とにかく、と富士太郎は思った。石が飛んできたという場所を見に行くのが、今は最もよい手立てではないか。

——きっと、なにかが見つかるのではないかねえ……。

富士太郎にはそんな予感がある。

「米田屋さん、石が飛んできた場所はどちらですか」

その場所が近いのなら、富士太郎は今からでも行くつもりでいる。

「下駒込村だ」

間髪を容れずに琢ノ介が答える。案の定というべきか、すたすた坊主が空から落ちて死んだ村である。

「富士太郎、まさか今から行く気ではなかろうな」

危ぶむような顔で琢ノ介がきいてきた。いえ、と富士太郎は首を横に振った。

「さすがに、今から下駒込村に行くのは遠すぎます。明朝、行ってみようと思います」

「それがよかろう」

琢ノ介が安堵の息をついた。

「夜はなにが起きるかわからん。富士太郎がいうように、狐狸の類が出てもおかしくないからな。無理をすることはない」

米田屋さんのおっしゃる通りだよ、と富士太郎は思った。

——今宵は、御奉行にいわれた通り、屋敷に帰って体を休めることを、一番に考えなきゃいけないよ。

「米田屋さんも早く家に戻って、体の疲れを取ってくださいね」

「そうだな。湯屋に行ってゆっくりと風呂に浸かり、温まりたいものだ」

「風呂か。いいですねえ」

「ああ、富士太郎、うらやましかろう。芯からあったまったら、寝床に横になった途端、こてんと眠れそうだ」

「まことにその通りですね。きっとぐっすり眠れましょう」

弾んだ声を上げた富士太郎は琢ノ介と別れ、道を歩き出した。

——しかし、まさかこんな刻限に米田屋さんと会えるとは……。

いいことがあるものだね、と富士太郎は思った。

明日は必ずよいことがあるという兆《きざ》しのように感じられ、疲れを忘れた富士太郎の足は自然に速まっていた。

第四章

一

昨夜の琢ノ介の話が気にかかっている。

だから、富士太郎としては大石が飛んできたという場所に、足を運んでみたくてしようがない。

だが昨夜、町奉行の曲田から、本山相模守の行方を捜してほしい、と頼まれた。

そうである以上、富士太郎にほかに選ぶ道はない。曲田にいわれた通りにするしかないのである。

――御奉行の命《めい》で、本山相模守さまの行方を捜すことになった旨を、荒俣さまに伝えておかなきゃならないね……。

昨日、富士太郎が南町奉行所に戻ったとき、すでに土岐之助は屋敷に帰ったあとだったようだ。

自分で淹《い》れた茶を喫して富士太郎は、まだ同僚たちの姿がほとんどない同心詰所をあとにし、土岐之助の詰所に向かった。まだ出仕するには早いが、この刻限なら土岐之助はたいてい詰所に来ている。

いつものように住吉が、土岐之助の詰所の前に座っていた。足早に近づいた富士太郎は住吉に声をかけた。

「おはよう、住吉」

「あっ、おはようございます。樺山さま」

頭を下げ、住吉が挨拶してきた。

「荒俣さまはいらっしゃるかい」

「はい、いらっしゃいます。——荒俣さま、樺山さまがおみえになりました」

「入ってもらえ」

土岐之助の穏やかな声がした。失礼いたします、といって住吉が腰高障子を開ける。

一礼して富士太郎は敷居を越えた。文机の前に座る土岐之助の前に端座する。

「おはようございます」

富士太郎は土岐之助に向かって頭を下げた。

「おはよう、富士太郎」

文机の上の書類を閉じて、土岐之助が富士太郎に目を向けてきた。

「富士太郎、こんなに早くからどうした」

土岐之助にきかれ、富士太郎は昨日の出来事を話した。

「なんだとっ」

話を聞き終えた土岐之助の顔が、一気に険しくなった。

「本山相模守さまが失踪された……。それに昨日、御奉行が折尾摂津守郷龍を千代田城にお持ちになり、上さまにお目にかけたとは、信じられぬことだ……」

言葉を途切れさせ、土岐之助が首を小さく振った。

「そうか、それで御奉行はお戻りにならなかったのか……。御奉行がどこに行かれたかも、いつお戻りになるかも知らず、わしは先に帰らせてもらったのだが……。実は御奉行は今朝、まだ執務部屋に入っておられぬ」

「えっ、なにゆえでございましょう」

「内与力の大沢どのによれば、体の具合が悪いそうだ」

富士太郎は、曲田の顔色の悪さを思い出した。いま考えてみれば、昨日の曲田は病人のように見えないこともなかった。

「御奉行は大丈夫なのでございましょうか」

富士太郎は、曲田のことが案じられてならない。

「大丈夫だと信じたいな。いや、きっと大丈夫だ」

自らに言い聞かせるように、土岐之助がいった。

「曲田さまは、わしがこれまで仕えてきた御奉行の中で、最も信頼できるお方だ。そのようなお方は天が見ている。天がきっと御奉行を守ってくれるだろう」

「それがしも、天が御奉行を見守ってくれることを願っております」

「きっと大丈夫だ。明日には元気なお顔を拝見できよう」

富士太郎を励ますような口調で土岐之助がいった。

「富士太郎、ならば、今日は本山相模守さま捜しに励むのだな」

はい、と富士太郎はうなずいた。

「荒俣さま、これは昨日の出来事を記した留書でございますが」

富士太郎は、手にしていた留書を土岐之助の文机の上にそっとのせた。

「殺された二人のすたすた坊主がどのような者なのか、判明いたしました」

「そうか、富士太郎、よくやった」

土岐之助に褒められたが、富士太郎は逆に渋い顔になった。

「どうした、富士太郎。なにゆえそのような顔をするのだ」

土岐之助に問われて、富士太郎はわけを語った。

黙って富士太郎の話を聞いていた土岐之助が、そうか、とつぶやいた。

「河童という異名を持つ、等想坊というすたすた坊主を逃がしたか」

「はい、まことに申し訳ありませぬ」

昨日のことが鮮やかに脳裏によみがえり、富士太郎は情けない気分になった。

「いや、富士太郎、謝るようなことではないぞ。等想坊はおぬしが他の願人坊主たちに話を聞いている最中にいなくなったのだろう。仕方あるまい。とにかく等想坊については、別の者に捜させることにいたそう。そなたは本山相模守さま捜しに専心するのだ」

「はっ、承知いたしました」

すぐさま土岐之助の前を辞した富士太郎は玄関を出て、大門をくぐり抜けた。

その場で待っていた伊助に、今日はなにをすることになったかを伝えた。

富士太郎の言葉を聞いて、伊助が顔をしかめた。

「本山相模守さまが失踪なされたのですか」

うん、と富士太郎はいった。

「御奉行のためにも、がんばって捜し出すよ」

はい、と伊助がうなずいた。

「樺山の旦那、事情はよくわかりましたが、いったいどうすれば、本山相模守さまを捜し出せるものなのでしょう」

それは富士太郎も同じ気持ちである。どこから手をつければよいのか、正直、途方に暮れる思いだ。

「御奉行には、江戸市中に本山相模守さまの痕跡がないか、当たってほしいといわれたよ。そのためには、徹底して聞き込んでいくしか、おいらたちが取るべき手立てはないような気がするね」

「徹底した聞き込みですか」

「地道にいくしかないということだね。よし、伊助、はじめるよ」

「わかりました。それで樺山の旦那、どこから聞き込みをはじめますか」

「とりあえず元飯田町だろうね」

「本山さまの上屋敷がある町ですね」

「本山相模守さまは千代田城からいなくなったから、元飯田町から聞き込むというのはちがうのかもしれないけど、やはりお屋敷のある町からはじめるのが、いいような気がするんだよ」

「手前は、樺山の旦那の勘を信じますよ」

「伊助、ありがとうね。そういってもらえると、力づけられるよ」

伊助を連れ、富士太郎はまず本山屋敷のある元飯田町に向かった。

元飯田町に入るやいなや、会う町人すべてに本山相模守の人相書を見せていった。

しかし、本山相模守を見たという者には、なかなか出会わなかった。

しかし、くじけることなく富士太郎たちは人相書を町人に見せ続けていった。

不意に富士太郎の目の前を、本山相模守に似た風貌の男が通り過ぎていった。

その武家は二人の供を連れていた。

――あっ。

あわてて富士太郎は、本山相模守の人相書に目を落とした。次の瞬間、富士太郎の口をついて頓狂《とんきょう》な声が出た。

「あれ」

——なんだい、全然似ていないじゃないか。

まったくの別人だった。富士太郎は首をひねるしかなかった。

——この人相書の人物と、今の人が似ているように見えるだなんて、おいら、どうかしているんじゃないかい。

ふう、と富士太郎はため息をついた。

——あっ、そうだ。

富士太郎は、ふとひらめいたことがあった。懐にしまってあるもう一枚の人相書を取り出す。

これは、矢間波屋であるじの庸之助から話を聞いて描いた人相書である。

本山相模守の人相書と、自分で描いた人相書を富士太郎は見比べてみた。

——こいつは似ているような……。

顔かたちはさして似ているように思えないのだが、二枚の人相書に描かれた人物は雰囲気がそっくりのような気がするのだ。

——同じ人物ではないかなあ。

二枚とも、本山相模守が描かれているのではないかと富士太郎には思えるのだ。

「伊助、この二枚、どう思う」

「どう思うと、おっしゃいますと」

戸惑ったように伊助がきいてきた。

「この二枚を見比べて、伊助はなにを思うか、聞きたいんだ」

「はい、わかりました」

二枚の人相書を手に取り、伊助が真剣に見くらべはじめた。

「この二枚の人相書は、同じ人物が描かれているような気がしますね……」

「やっぱり伊助もそう思うかい」

我が意を得たりという感じで、富士太郎はいった。

「でしたら、樺山の旦那も手前と同じなんですか」

「ああ、そうだよ。この二枚の人相書は、同じ人物を描いているんじゃないかって思ったんだ」

伊助から二枚の人相書を受け取り、富士太郎は丁寧にたたんで懐に入れた。

──よし、矢間波屋に行ってみるか。

心中でうなずき、富士太郎は伊助を見た。

「伊助、神田平永町に行くよ」

「はい、わかりました」

伊助の先導で、富士太郎は神田平永町にある矢間波屋に赴いた。

店は開いており、古い暖簾が風に揺れていた。そのさまが、富士太郎にはどこかわびしく見えた。

――なにしろ、ここの店主は大儲けの機会を失ってしまったからねえ。店主の気持ちが、暖簾に乗り移っているのかもしれないね……。

「ごめんよ」

暖簾を払って富士太郎は、武具が陳列されている薄暗い土間に足を踏み入れた。

あるじの庸之助が所在なげに、いかにも古そうな鎧の塵《ちり》を払っていた。

「あっ、これは八丁堀の旦那――」

塵払いを持つ手を止めるや、庸之助が腰を折った。

「いらっしゃいませ」

「庸之助、この前は、いろいろと済まなかったね」

庸之助に歩み寄って富士太郎は謝した。

「いえ、とんでもないことでございます」

庸之助はにこりと笑ってみせたが、その笑みはどこか寂しげに感じられた。

「今日おいらがやってきたのは、これをおまえさんに見てほしいからだよ」

はい、と答えた庸之助に、富士太郎は本山相模守の人相書を手渡した。人相書を受け取った庸之助が、真剣な顔で見る。

「この人相書の方は、どなたですか」

「それは内緒だ。おまえさんがその人物を見てなにを感じるか、教えてほしいんだ」

「わかりました」

うなずいて庸之助はしばらく人相書に目を当てていたが、やがて顔を上げた。

富士太郎は顔を近づけるようにして庸之助を見つめた。

「この人相書の方は、折尾摂津守郷龍をうちに持ち込んだお武家ではないでしょうか」

「やはりそう思うかい」

我知らず勢い込みそうになったが、富士太郎は冷静な口調でいった。

ええ、と庸之助が顎を上下させた。

「折尾摂津守郷龍を持ってこられたのは、この人相書によく似たお方のような気がいたします。ええ、よく似ているように思います」

確信のある顔で庸之助がいった。

——折尾摂津守郷龍を矢間波屋に売ったのは、本山相模守さま本人ということなのだろうか……。

それとも、ただの他人の空似《そらに》に過ぎないのか。他人の空似というのは、江戸に住んでいる人の数を考えれば、十分にあり得ることである。

——しかし、今回の一件に限ってそんな偶然なんて、あるはずないよ。折尾摂津守郷龍の持ち主と売り主がそっくりだなんて、あり得ないね……。

これはいったいどういうことだろう、と富士太郎は思った。なぜ本山相模守は矢間波屋に折尾摂津守郷龍を持ち込んだのか。

しかも三十両という安値で矢間波屋に売り払っている。折尾摂津守郷龍の本来の値がどのくらいか、本山相模守が知らないはずがないのだ。

——いったい本山相模守さまは、なにを考えてそんなことをしたのか。いったい、なにをしようとしているのか。おいらには、さっぱりわからないよ……。

「あの、これを——」

不意に、人の声が耳に飛び込んできた。顔を上げると、庸之助が本山相模守の人相書を富士太郎に返そうとしていた。

「ああ、済まないね」

人相書を受け取り、折りたたんで富士太郎は懐にしまい込んだ。

——さて、これからどうするかな……。市中で本山相模守さまの痕跡がないか探すというのは、なかなか骨が折れることだね。

心がくじけそうになる。

——とりあえず、この店を出るとするか。

「いろいろとかたじけなかった」

庸之助に礼をいって、富士太郎は矢間波屋をあとにした。

——伊助と一緒に、また聞き込みをするか。しかし、それも芸がないかねえ……。

どうすればよいか、富士太郎は迷った。いい案が浮かばない。

仕方ないね、と富士太郎は思った。

——やはり、ここは聞き込みをするしかないよ。まずはこの町から始めるか。

心を決めて、富士太郎は伊助とともに、町人たちに本山相模守の人相書を見せていった。

半刻ほど続けたが、収穫はなく、一休みしようか、と富士太郎が考えたとき、そばを通りかかった者が声をかけてきた。

「樺山の旦那」

はっ、として見ると、才吉だった。駒込浅嘉町の自身番で、小者として働いている若者である。

「あれ、才吉じゃないか。よく会うね」

「ちょうどよかった」

ほっとしたように才吉がいった。

「あっしはいま樺山の旦那にお知らせしたいことがあって、御番所に向かおうとしていたんですよ」

「知らせたいことってなんだい」

すぐさま富士太郎はきいた。息せき切って走ってきたせいか、才吉の呼吸が荒い。

「大丈夫かい」

「え、ええ、大丈夫です」

大きく息をついたのち、才吉が口を開いた。

「あの、首なしの死骸が見つかったんです」

「えっ、首なしだって。どこで見つかったんだい」

「うちの町です」

つまり駒込浅嘉町であろう。

「よし、行くよ」

伊助に声をかけ、富士太郎は才吉の背中を追って走り出した。


才吉に連れていかれたのは、小さな寺の裏手の路地である。

大勢の者が入り込んでいたが、路地はひっそりとした雰囲気をたたえていた。

路地の奥に、今にも倒れそうな老松《おいまつ》が立っていた。その松の脇に、首のない死骸が横たわっていた。

富士太郎は死骸の前に進んだ。

「これは武家だね」

「ええ、そのようです」

――おや。

どうも着物が、失踪した際の本山のものとしか思えない。昨夜、曲田から聞いたのと、一致しているのだ。

——まさかこの仏は、本山相模守さまじゃないのかい……。

曲田は、本山相模守が死を選ぶのではないかと恐れている様子だった。それがうつつのものになったのか。

——そうかもしれないね。すぐに御奉行に知らせないと。

富士太郎は、この遺骸を、じかに曲田に見てもらったほうがいいような気がした。

「伊助、番所に走って御奉行をここまでお連れしてくれないか」

「はい、わかりました。では、行ってきます」

「頼んだよ」

はっ、と答えて伊助が路地を出ていった。

「この仏はいつ見つかったんだい」

目を転じて、富士太郎は才吉にたずねた。

「それが先ほどなんですよ」

「先ほどかい……」

だが、富士太郎には、死骸は死んでからだいぶたっているように見えた。そのことをいうと、才吉が説明をはじめた。

「この路地はご覧の通り、人通りがほとんどないんですよ。この先は、そこのお寺さんの裏口につながっていまして、行き止まりなんです。この路地を使うのは、そこのお寺さんの者か、お寺さんに出入りしている者しかいないんです」

「それで、この仏を誰が見つけたんだい」

「お寺さんで働いている寺男です」

「寺男かい」

そのとき検死医師の洞安が路地に入ってきた。

「これは樺山さん、遅くなってまことに申し訳ない。珍しく患者が立て込みましてね……」

「お忙しいのに済みません。洞安先生、さっそくお願いできますか」

「承知いたしました」

首のない死骸を前にして、一瞬、洞安が瞠目したが、すぐに何事もなかったかのようにしゃがみ込んで、熱心に検死をはじめた。

「誰か怪しい者を見た者はいないのかい」

富士太郎はさらに才吉にきいた。

てきた。

申し訳なさそうに才吉が答えた。そこに、駒込浅嘉町の町役人《ちようやくにん》の東蔵《とうぞう》がやってきた。

「これは樺山の旦那、ご足労、ありがとうございます」

東蔵が富士太郎に向かって頭を下げる。

「東蔵、才吉にもきいたんだけど、誰も怪しい者を見ていないのかい」

「はい、どうもそのようなのです」

渋い顔で東蔵がいった。

「なにしろ、ここはほとんど人通りがありませんから」

「人通りがないことを知っている者が、ここに首なしの死骸を置いたことになるね。血の跡がほとんどないからね」

首がすぱりと切られている割に、そこからの出血がないように富士太郎には見える。

「ああ、そうですね」

ちらりと死骸に目をやって、東蔵が同意してみせる。

——つまり、他の場所で殺されて、ここまで運ばれてきたんだね。

「おや」

目の端で捉えたものに気づき、富士太郎は地面に顔を近づけた。

「樺山の旦那、どうかされましたか」

富士太郎の様子を気にしたか、東蔵がきいてきた。

「これは荷車の轍の跡だね」

富士太郎は地面を指さした。

「ええ、そのようですね」

「荷車で運んで、ここに骸を置いたんだね」

「ああ、そういうことでしょうね」

荷車か、と富士太郎は思った。

――天邪鬼が大石に潰されて殺されたときも、荷車が使われていたけど……。

偶然だろうか。荷車や大八車の類は、江戸市中ではあふれるほどだ。

――しかし、上駒込村とここでは、あまりに近いよ。

同じような荷車が使われているのは、偶然ではないのではないか。富士太郎はそんな気がしてきた。

この死骸が本山相模守のものだとして、二人の願人坊主の死と関わりがあるのだろうか。

今のところ、富士太郎には答えは見つからない。

——とにかく、このあたりに土地鑑《とちかん》のある者の仕業だね。それはまちがいないよ。

富士太郎は心中で深くうなずいた。

曲田はなかなか姿を見せなかった。千代田城に行ったのかもしれない。だとすると、ここにやってくるのは下城後ということになろうか。昼の八つ過ぎになるのではないか。

——それまで待っているしかないか……。

富士太郎が思った次の瞬間、馬が路地を入ってきた。驚いて富士太郎は目をむいた。馬には曲田が乗っていた。内与力の六兵衛が轡を取っている。

「樺山、待たせたな」

いうやいなや曲田がひらりと馬を下りた。血走った目で富士太郎に近づいてくる。

「仏はこれか」

老松の根元に横たわる死骸を見て、曲田がいった。かがみ込み、死骸を凝視する。

「むう」

曲田がうなり声を発した。死骸を目の当たりにして、言葉を失っているようだ。

「着衣は紛れもなく本山相模守さまのものだ」

「では、この仏は本山相模守さまでございますか」

「まずまちがいあるまい」

「さようでございますか……」

「なんと愚かな真似を……」

喉の奥から絞り出すような声を、曲田が発した。

「しかし樺山――」

気持ちを入れ直したように背筋を伸ばし、曲田がきいてきた。

「下手人は、いったいなにゆえ本山相模守さまの首を持ち去ったのだ」

「いえ、持ち去ったのではなく、ここにこの仏が置かれたときには、すでに首がなかったのではないかと思われます」

その理由を富士太郎は曲田に語った。

「ああ、どこかよそで死んだ本山相模守さまの首を切り、何者かが骸をここまで荷車で運んできたのか」

「はい、そういうことではないかと思います。あの御奉行、本山相模守さまには、股肱《ここう》の臣《しん》はいらっしゃいませんでしたか」

「股肱の臣というのは、いなかったようだな」

間髪を容れずに曲田が答えた。

「つまり樺山は、この本山相模守さまの死を自害だと考えておるのだな。もちろんわしも同じだが……」

なにもいわず、富士太郎は黙って曲田を見つめた。

「とにかく、首を切り取ったのは本山家の家臣ではあるまい。若党《わかとう》や中間に至るまで、家臣の誰一人として欠けた者はいないというゆえ。本山相模守さまは、一人で出奔なされたのだ」

「では、本山相模守さまには、外《ほか》に首を預けられるほど信用できる人がいたということでしょうか」

「そういうことだろう」

富士太郎を見て曲田がうなずく。

「とりあえず、泉谷を呼ぶか」

本山家の用人の漢之助が、この骸を目《ま》のあたりにして冷静でいられるだろうか。

「仏を引き取らせなければならぬ」

その通りだ、と富士太郎は思った。

「しかし、なにか妙だな……」

顎をなでながら不思議そうにいう曲田のつぶやきが、富士太郎に聞こえた。

――御奉行は、なにやら違和の思いを抱かれているようだね。

なにが曲田の気にかかっているのか、富士太郎には今のところわからなかった。

南町奉行所に戻るという曲田と、その場で別れた。

二

その後、富士太郎は河童という渾名の願人坊主の捜索に戻ることになった。

下駒込村はほど近いから、まずは琢ノ介がいっていた林に入ってみることにした。

目当ての林は、すぐにわかった。このあたりでは、なんら珍しくない雑木林である。

——ああ、こいつかい……。

林の中に入った途端、大きな石が転がっているのが目に飛び込んできた。思った以上に大きい。

——確かに二斗樽ほどの大きさはあるね。

これだけの重さのものが飛ばせるのだったら、と富士太郎は思った。人など楽に飛ばせるだろう。

——おや、これは本御影だね。

天邪鬼を殺した石と同じ種類である。色も模様もよく似ている。

——では、同じ者が天狗と天邪鬼を殺したのかな。

しかし、石の種類が同じだからといって、これだけではなんの手がかりにもならない。本御影は、どこにでもあるはずだ。

——よし、願人坊主たちに話を聞くことにしよう。

富士太郎は目白坂の廃寺の願人坊主からきいた神楽坂に足を向けた。

て多くなった。
神楽坂に入ると、そこかしこで道行く人に声をかけている願人坊主が目に見え
　富士太郎と伊助は手当たり次第という感じで、願人坊主たちに河童口の話をき
いていった。
　すると、ずいぶんと痩せこけた願人坊主が、河童ですかい、と等想坊のことを
よく知っているような口調でいったのだ。
「おまえさん、河童と親しいのかい」
「ええ、まあ、そうですね」
　歯切れ悪く願人坊主が答えた。
「おいらたちは、等想坊を追っているんだ。どこにいるか、おまえさんに心当た
りはないかい」
「ないことはないですけど……」
「等想坊の命が危ないかもしれないんだ。心当たりがあるなら、さっさと教えて
おくれ」
　わかりました、と願人坊主がいった。
「女のところじゃないでしょうか。あんな顔しているのに、あの男、女をこます

のが得手《えて》でしてね。あっしもおこぼれにあずかったりしていたんですよ」

「女かい」

富士太郎は目の前の願人坊主をじっと見た。

「じゃあ、女のところにしけ込んでいるかもしれないんだね」

「はい、それがいちばん考えやすいですよ」

「おまえさん、心当たりがあるのかい」

「ええ、ありますよ」

少し心苦しそうに願人坊主がいった。

「どこだい」

「駒込片町《こまごめかたまち》にある矢場《やば》の女ですよ。確か、お扇《せん》といったと思いますが……」

「矢場はなんというんだい」

「ええと、宗片屋《むなかたや》です」

「宗片屋だね。わかった。行ってみるよ」

富士太郎たちはすぐに駒込片町に向かった。伊助は決して道に迷うことはなかった。大したものだね、と富士太郎は感心するしかなかった。

宗片屋の場所はすぐに知れた。富士太郎たちは即座に中に入った。今はあまり繁盛《はんじよう》している刻限ではないようで、女たちが暇そうにしていた。

「旦那、八丁堀のお役人が見えたよ」

富士太郎を見て、女の一人が声を上げた。それに応じて、奥からあわてたように初老の男が出てきた。富士太郎を見る目つきがひどく悪く、すさんだ顔つきをしていた。

「八丁堀の旦那、手入れですか」

富士太郎の前に現れた店主とおぼしき男が、傲岸《ごうがん》な口調できいてきた。

「ちがうよ。話を聞きに来ただけだ」

富士太郎はそっけなく答えた。

「ああ、そうなんですか」

店主は明らかにほっとしている。矢場の女はたいてい春をひさいでいる。それは吉原以外では、法度で禁じられていることだ。

「あの、話とおっしゃいますと」

小ずるそうな目を店主が富士太郎に向けてきた。

「お扇はいるかい」

「ああ、今日は来ていません」

「家にいるのかい。お扇の家を教えてくれるかい」

「あの、お扇がなにかしたんですか」

「いや、なにもしてないよ。男がしけ込んでいるかもしれないんだけど、その男の命が危ないんだ」

「えっ、そうなんですか」

「だから、一刻も早くお扇の家においらたちは行かなきゃならないんだ」

「わかりました。でしたら、あっしが案内いたしますよ」

「そいつは助かるね」

宗片屋を出て、ほんの一町も行かないところで店主が足を止めた。一軒家の前である。

「ここがお扇の家です」

「そうか。おまえさん、訪《おとな》いを入れてくれないか」

「はい、わかりました」

店主が戸口に立ち、障子戸を叩いた。

「お扇、いるか。わしだ、四之助《しのすけ》だ」

少し間を置いて障子戸の向こうに人の影が立った。

「旦那ですか」

女の声がし、障子戸が開いた。一人の女が三和土に立っている。

「あれ、旦那。あっ――」

富士太郎を見てお扇が声を上げた。

「お扇、等想坊はいるかい」

すぐさま富士太郎はいった。

「えっ、いえ、いませんけど」

明らかに嘘をついているのが、富士太郎にはわかった。

「邪魔するよ」

お扇を押しのけて富士太郎は三和土に入った。なにするんですか、とお扇が金切り声を上げる。

それを無視して富士太郎は土足のまま奥に進んだ。

奥の間に布団が敷かれ、そこに半裸の男が座っていた。

「あっ」

あわてて立ち上がり、逃げようとする。だがその前に富士太郎は奥の間に突進し、等想坊の肩をがっちりとつかんだ。

「離せっ」

　等想坊が叫んだが、こういうときの富士太郎の力は強い。もがく等想坊から、徐々に力が失われていった。

「伊助、別に悪さをしているわけじゃないが、この男を決して逃がすわけにはいかないからね。縄を打ちな」

「わかりました」

「どうして縄を打つんですかい」

　必死の形相で等想坊が抗議する。

「おまえさんを助けるためだ」

　伊助が手際よく等想坊に縄をかけた。手慣れているね、と富士太郎は思った。

「よし、行くよ」

　等想坊をじっと見て富士太郎はいった。

「どこに連れていく気よ」

　横からお扇が顔を突き出してきた。

「番所だよ」

「この人はなにもしていないじゃない」

「その通りだ。等想坊の命を救うために連れていくんだ。ここでは危ういからね」

「お扇、もういい。わかりました」

殊勝《しゅしょう》そうな顔で等想坊が富士太郎にいった。

「御番所に連れていってください」

「ああ、わかってくれたかい」

「ええ、よくわかりました」

「あんた」

びっくりしたような顔でお扇がいう。

「すぐに帰ってくるよ。お扇、待っててくれ」

「えっ、ええ、わかったわ」

等想坊にいわれて、途端にお扇が素直になったから、富士太郎は驚いた。

――いったいどうすれば、こんなにたやすく女を手のうちにできるものなのかねえ……。

智代しか女を知らない富士太郎は不思議でならない。

半刻後に南町奉行所に着いた。詮議部屋に等想坊を入れ、富士太郎は事情をきいた。

「おまえさん、天狗と天邪鬼とつるんでいたそうだね」

「ええ、さようです」

「これまで三人でいろいろ悪さをしてきたんじゃないかい」

「おっしゃる通りです」

指先で額を掻きながら等想坊が答えた。

「天狗と天邪鬼の二人が妙な死に方をしたのは、その復讐だと思います」

「おまえさんも狙われているわけだね」

「はい、そう思います」

「おまえさんたち、三人でいったいなにをしたんだい」

「あの、いわなきゃいけませんか」

「いわないと、なぜおまえさんたちが狙われているのか、わからないからね」

わかりました、といって等想坊が首をがくりと落とした。

「追い剝ぎや手込め、強請《ゆす》り、たかりなどですよ」

目を怒らせて富士太郎は等想坊をにらんだ。

「いろいろやっているね」

「はい、済みません」

「誰に狙われているのか、おまえさん、心当たりは」

「いえ、なにしろ心当たりが多すぎて、いったい誰の仕業なのか、あっしにはさっぱりわからないんですよ」

等想坊が嘘をいったり、しらを切ったりしていないのは、その表情から知れた。心から戸惑っている感じを、富士太郎は受けているのだ。

「ふむ、そいつは困ったね」

腕組みをして富士太郎は等想坊を見た。

——これじゃあ、なんの手がかりにもならないじゃないか……。

ため息をつきたかった。それはかろうじてこらえたが、富士太郎はただ暗澹《あんたん》とするしかなかった。

三

東屋《あずまや》で目を閉じていると、冷たい風が吹き過ぎていくのがわかった。

——ああ、心地よいな。

風の冷たさが本山相模守には爽快なこと、この上なかった。

ここは本山の秘密の屋敷である。家臣も誰一人として知らない。

江戸ではあるが、下駒込村という、かなりの田舎にある。

隠居したら敏絵と一緒に住もうと思って、手頃な屋敷を探している際、見つけたものだ。

手に入れたのは六年ばかり前のことで、敏絵を失った本山は深夜、上屋敷を一人で抜け出しては、この家によく来たものだ。

上屋敷を一人で抜けることなど、難しいものではない。闇で閉ざされる夜は、抜け穴だらけといってよい。

この家は、本山家の金とは関係なく、これまで自分で貯めていた金を出して、口入屋《くちいれや》から入手したのだ。

——この家で敏絵とともに暮らしたかった。敏絵もきっと気に入ってくれたであろうに。

本山は、最愛の妻を願人坊主によって手込めにされたのだ。

五年前、敏絵が本山家の菩提寺《ぼだいじ》に参詣《さんけい》したときのことである。

別に法要があったわけではないが、信心深かった敏絵は、祖父の墓参りに来たのだ。

本山も妻の参詣に同行していた。庫裏《くり》で懇意にしていた住職と夫婦で話をしていたとき、敏絵が一人で厠《かわや》に立った。
厠は庫裏の裏手にあり、庭の端に設けられていた。供の腰元がついていこうとしたが、敏絵がそれを断った。腰元は、厠から少し離れたところで敏絵の戻りを待つことにした。

用を足して厠を出たとき、敏絵は三人の願人坊主に背後から襲いかかられ、墓地の裏の林に連れ込まれた。

そこで、願人坊主たちの慰み者にされたのである。

なかなか戻ってこない敏絵のことが気になり、まず腰元が敏絵を捜しはじめた。しかし、厠にいなかった。腰元は庫裏をのぞいた。そこには本山と住職しかいなかった。敏絵がいなくなったことを腰元から聞いた本山は、すぐさま敏絵を捜しはじめた。

本山家の家臣によって見つけ出されたとき、敏絵は着物がひどく乱れ、自慢の高島田《たかしまだ》も潰れていた。しかも、虫の息だった。短刀で喉を切り、自害を試みていたのだ。

瀕死《ひんし》の敏絵を戸板に乗せ、本山は近くの医者に連れていった。そのあいだ敏絵はずっと、天狗、天邪鬼、河童とつぶやき続けていた。

それがなんのことを指すのか、動転していた本山には、さっぱりわからなかった。

結局、敏絵は死んだ。運び込まれた診療所で息を引き取ったのである。

敏絵の死について、本山は表向きは病死とした。

敏絵を失って以降、文字通り本山は腑抜けになった。それでも、敏絵のいっていた天狗、天邪鬼、河童という言葉は、ずっと心に残っていた。

敏絵の死から五年たった今年の秋、願人坊主に金品を脅し取られたという商家のあるじが寺社奉行所に訴え出てきた。

その商家のあるじがいうには、願人坊主は三人で、それぞれ天狗、天邪鬼、河童という異名《いみょう》がついていたらしいのだ。

その事実を配下の留書で読んで、本山は合点がいったのだ。この三人のことを敏絵はいっていたのだと。敏絵を慰んでいる最中、三人は互いの異名を呼び合っていたにちがいないのだ。

敏絵を慰み者にした三人が判明し、本山は復讐を思い立った。留書を書いた配下に、その三人の探索はやめておくように、と命じた。なにゆえでございましょう、と配下はひどく驚いていたが、本山の命《めい》に逆らうような真似はしなかった。

そして、本山は独力で三人の願人坊主のことを調べはじめたのである。

本山の調べで判明した三人は、実に悪辣《あくらつ》だった。悪事については、していないことはないのではないかと思わせるほどだった。

本山は、寺社奉行としての一日が終わったあと、三人の願人坊主を見張ることを日課とした。

まず酒好きな天狗に、標的を定めた。本山は浪人に変装し、天狗が配っていた謎かけの紙をもらった。何度も金を払って謎かけの答えを教えてもらい、天狗と親しくなった。

それから居酒屋に天狗を誘い、酒をたっぷりと飲ませて正体を失わせ、下駒込村のこの屋敷に連れてきた。その上で、天狗を空に飛ばして殺したのである。

この屋敷の庭には投石機がある。

投石機は、本山が蘭学《らんがく》の書物を読んでいるときに図入りで見たものだ。そのとき南蛮人《なんばんじん》はこんなものを使って城攻めをしているのか、と本山はいたく感心したのだ。

それで興味をかき立てられた本山は、実際にこの屋敷の庭で投石機をつくってみた。

大した手間はかからなかった。書物通りにすると、投石機はあまりに大きくなりすぎるから、本山はだいぶ小さくつくってみた。

半月ほどで投石機はできた。満足のいく出来だった。

ある夜、本山は誰もいないはずの林に向けて庭石を一つ飛ばしてみた。

月明かりで見えた限りでは、三十貫ほどはあるはずの本御影の庭石が、三町ほど飛んだのがわかった。

人も同じくらいは楽に飛ばせるだろう、と本山はそのとき確信した。高く飛ばすこともできるはずだ。

そして、この投石機を使って、本山は天狗を殺したのである。

天狗には恐怖を味わわせたく、投石機にくりつけたとき、気絶はさせなかった。

なにゆえこういう仕儀になったか、本山は天狗に語って聞かせた。天狗は恐怖におののいた。その顔を見て、本山は満足だった。

ただし、宙を飛んでいる最中、悲鳴を上げて人目を引かないように、天狗に猿ぐつわを嚙ませたのだ。その上で天狗を投石機にのせたのである。

二人目の死者である天邪鬼は、見張りの末、博打好きなのが判明した。天邪鬼が通っている賭場《とば》に本山も行き、駒を天邪鬼に都合してやるなどして親しくなった。つい先日も本山はその賭場に深夜、行ったのだが、帰り道に天邪鬼と一緒になった。

天邪鬼は珍しく博打に勝って、機嫌がよかった。あたりに人けがないのを見計らい、本山は天邪鬼を襲って気絶させ、また下駒込村の屋敷に連れてきたのだ。天狗を殺した二日後、天邪鬼を近くの雑木林に連れ出し、なにゆえきさまを殺すのか、理由を話した。天邪鬼も本山を見てひどくおびえた。助けてほしいと懇願したが、本山はもちろん無視した。その場で天邪鬼に当て身を食らわせて気絶させた。その雑木林には、すでに大石をのせた荷車を用意してあった。

まだ気を失ったままの天邪鬼を崖の下にうつ伏せに置いた。

荷車を斜めにして、庭石の本御影を天邪鬼の上に落とすことなど、大した手間はかからなかった。

それにしても、と本山は思った。河童はいったいどこにいるのか。

今のところ、わからない。女好きだから、女の家にでも隠れているのかもしれないが、行方は杳《よう》として知れない。

本山は唇を嚙むしかない。

これが寺社奉行の限界であろう。町方なら、もうとっくに捕まえているのではないか。

町方か、とつぶやいた本山にある考えが浮かんだ。

——天狗と天邪鬼が死んだ今、二人と特に親しくしていた河童が、なんらかの事情を知っていると考えるのは自然であろう。

腕組みをして、本山は考えを進めた。

——もしや河童は、いま町奉行所にいるのではないか……。

曲田もいっていたが、南町奉行所には多くの腕利きがいるという話ではないか。その中でも、素晴らしいのが一人いるようなことを曲田はいっていた。

その南町奉行所一といっていい腕利きが、天狗と天邪鬼の殺された事件を担当したとしたら、もう河童はその者の網におさまっているのではないだろうか。

ちがうだろうか、と本山は自問した。

——いや、きっとそうにちがいない。

本山は確信した。河童は南町奉行所に必ずいる、と。

――今宵、南町奉行所に忍び込んでみることにしよう。

本山は心密かに決意した。

そして夜が更けるのを待ち、本山は南町奉行所の大門に近づいた。くぐり戸は開いているらしいが、あたりには門番がいるはずだ。その目を盗めるとは思えない。

ぐるりを巡る塀は、かなり高い。それでもやれぬことはなかろう、と本山は踏んだ。刀から下げ緒《さお》を外し、塀に立てかける。下げ緒を手に持ち、鍔の上に足をのせた。腕を伸ばし、塀の上に体を持ち上げる。下げ緒を引っ張り、刀をするすると上げた。刀は手のうちに戻ってきた。

刀を腰に差し、本山は塀を蹴った。着地の際、音が立ったが、誰も気づいた者はいないようだ。

しかし、天下の町奉行所がこんなにたやすく忍び込めるなど、あまりよいとはいえないのではないか。

――太郎兵衛に、厳しくいってやらなければならぬ。

ふう、と本山は小さく息をついた。

――河童はどこにいるのか。

願人坊主も、一応は僧侶である。だからこそ寺社奉行所の差配のもとに置かれるのだ。

——いるとすれば、おそらく牢内の揚《あ》がり屋であろう。

本山は目星をつけた。

「揚がり屋はどこだろう」

本山は声に出してつぶやいた。そういえば、前に曲田から聞いたことがある。

本山はどこか思い出した。

——よし、行くぞ。

本山は町奉行所の敷地内をそろそろと進んだ。

——ここが揚がり屋だな。

牢番がいるのが気配から知れた。しかも、灯りが煌々と灯っているのがわかった。戸の隙間から灯りが漏れているのだが、それがけっこう明るいのだ。

——顔は見せたくないが……。

しかし、迂闊《うかつ》なことに本山は手ぬぐいを忘れてきてしまった。

——手抜かりだな……。

落ち着いているように自分では思っていたが、やはり緊張は隠せないのだろう。

　——だが、きっとうまくいく。

　本山はおのれに言い聞かせた。

　揚がり屋の戸に、錠《じょう》は下りていないようだ。戸を開け、本山は素早く細長い土間に入り込んだ。

　右側の部屋に牢番がいた。本山を見て、あっ、と声を出した。そのときには、本山は牢番に向かって突っ込んでいた。どすっ、と当て身を食らわせる。

　うめき声とともに牢番が気絶した。牢番の腰にぶら下がっている鍵を使って、本山は揚がり屋の格子戸を開けた。そこに河童がいるのはすでにわかっていた。

「騒ぐな」

　だが本山の姿を見て河童が、うわあ、と悲鳴を上げた。すかさず本山は中に入り込み、牢番にしたのと同様、河童にも当て身を食らわせた。

　あっさり河童は気を失った。

　今の悲鳴が聞こえたらしく、南町奉行所内に人の気配が満ちはじめた。こちらに人が集まってきつつあるようだ。

　河童を肩に担ぎ、本山は揚がり屋を出た。大勢の者が声を上げつつ、あたりを走り回っている。悲鳴がどこから上がったのか、調べようとしているようだ。

——今なら大丈夫だ。

肩に河童を担ぎつつ、本山は大門を目指して駆けた。

大門のところに門番がいた。本山に気づいて、あっ、と声を上げた。本山は門番の顔を拳で殴りつけた。視界から門番の顔が消え去っていく。

くぐり戸を開け、本山は南町奉行所の外に出た。

河童を担ぎ直し、夜道を走りはじめる。あとを追ってくる者の気配は一切、感じなかった。

四

騒ぎが聞こえた。

いったい何事だ、と曲田は目を覚ました。寝床に起き上がる。

——これは、なんの騒ぎだ……。

町奉行所内で、大勢の者が叫び回っているようだ。まるで打ち壊しのようではないか。

──だが、さすがに番所にまで群衆は乗り込んでこぬのではないか。

これだけの大騒ぎは曲田が町奉行に就任してから、初めてのことだろう。

──いや、わしの就任前でも一度としてないかもしれぬ……。とにかく、なにが起きているのか、この目で確かめねばならぬ。

すぐさま曲田は起き出して、身なりをととのえた。大騒ぎの町奉行所のほうに回る。

「なにがあった」

今宵の宿直《とのい》の同心を見つけ、曲田はきいた。

「これは御奉行」

「挨拶などよい。なにがあった」

はっ、といって同心が背筋を伸ばした。

「どうやら、揚がり屋に押し込んだ者がいるようです」

同心が曲田に告げた。

「なにっ」

同心を凝視したまま、曲田はあっけにとられるしかない。

「何者の仕業だ」

はっ、と同心がいった。

「牢番によれば、押し入ってきたのは武家ではないかとのことです」

——武家だと。

いったい何者だろう、と曲田は思った。

「押し入ってきた武家は、なにをしたのだ。罪人を脱走させたのか」

「あの、河童という異名を持つ願人坊主を連れ出したようです。等想坊といい、今日、定廻り同心の樺山どのが連れてきた者です」

樺山が等想坊という願人坊主を連れてきたという報告は、曲田も受けていた。河童の異名を持つ男をあっという間に捕まえてくるなど、さすがは樺山であると感じ入ったものだ。

しかし、等想坊は罪人ではない。何者かに狙われており、その者から命を守るために樺山が南町奉行所に連れてきたのである。

——せっかく連れてきた等想坊を奪われたというのか。なんたることだ。

失態だ、と曲田は思った。

——取り返しがつかぬ。

天狗と天邪鬼を殺した者が、河童を連れ去ったのだろう。

——なにゆえそのような真似をしたのか。

決まっている。等想坊の息の根を止めるためであろう。

——しかし、揚がり屋で等想坊を殺さなかったのは、なにゆえなのか。

すぐに曲田の中で答えは出た。天狗は空から落ち、天邪鬼は石で体を潰された。

——河童にも、それにふさわしい死に方を用意しているということではないか。

河童には、いったいどんな死が待っているのか。

河童の川流れという言葉を、曲田は思い出した。河童は溺死させられるのではないか。曲田はそんな気がした。

——溺れ死にか。さぞ苦しかろう……。

そうなる前に救い出してやりたいが、果たして間に合うものなのかどうか。

——河童を殺すために、謎の武家が奉行所に押し入るなどという危険を冒して連れ去ったのだな。

それにしても、と曲田は思った。いったいその武家は何者なのか。

——牢番に話を聞くしかあるまい。顔を見ておるかもしれぬ……。

牢屋に向かった曲田は、賊に気絶させられたという牢番に会った。

自らのしくじりに、牢番の顔はげっそりとしていた。しかも、これからどんな処罰が下されるのか、ひどく恐れている様子で、曲田をまともに見られずにいる。

「安心せよ」

朗々《ろうろう》たる声で、曲田は牢番に告げた。

「牢屋に押し入ってきた者は、ひじょうな手練だったようだ。おぬしに罪はない。処罰などせぬ」

それを聞いた牢番が、えっ、といった。

「嘘ではないぞ」

曲田がいうと、牢番の頰に喜色が浮かんだ。

「ま、まことでございますか」

「うむ。わしは決して嘘はいわぬ」

「ありがとうございます」

あまりに喜びが強すぎたようで、牢番はぼろぼろと涙を流しはじめた。

「存分に泣くがよい。泣くのは、恥ずかしいことではないゆえな」

「はっ、ありがたきお言葉にございます」

牢番はしばらくさめざめと泣いていたが、やがて気持ちが落ち着きはじめたようだ。それを見た曲田は、よいか、といった。

「おまえにききたいことがあるのだが」

「はい、なんでもおききになってください」

うむ、と曲田はうなずいた。

「忍び込んできた武家の人相を覚えているか」

「いえ、よく覚えておりません」

眉間にしわをつくって、牢番はかぶりを振った。

「ひどく暗かったものですから……」

「だが、牢屋に灯りはついていたのであろう。ちがうか」

「は、はい、ついておりました」

「ならば、少しは賊の顔を見たはずだ。今から人相書を描くゆえ、押し入ってきた武家の顔かたちをわしに教えるのだ。承知か」

「はい、承知いたしました」

よし、といって曲田は、牢番が使っている部屋に入り、小さな文机の前に座した。文机の上に墨と硯《すずり》がのせられている。曲田は引出しから紙を出し、文机に置いた。

「よし、描くぞ」

曲田は牢番に宣するようにいった。

「は、はい、どうぞ、お願いいたします」

曲田は目や鼻、耳、口の形などをきいていった。

牢番の記憶はおぼつかなく、曲田は苦労したが、四半刻ほどかかって、なんと

か人相書を完成させた。

それを改めて目にした曲田は、むっと眉根を寄せた。

――本山相模守さまに似ておらぬか……。

というより、本山相模守本人としかいいようがない。

――つまり本山相模守さまが牢屋に押し入り、等想坊をさらって逃げたという

のか……。

信じられぬ、と曲田は思った。

だがすぐに、今日、本山相模守のものと思われる首なしの死骸を目の当たりに

したときに感じた違和を思い出した。

――着衣は同じでも、体つきやらが本山相模守さまとはちがっていたような……。

もしや、と曲田は思った。本山相模守さまは、今も生きているのではないか。あの首なしの死骸は別人ではないのか。本山相模守に見せかけられただけではないのか。

曲田は、そうとしか思えなくなってきた。

――等想坊をさらったのが本山相模守さまだとしたら、天狗と天邪鬼を殺したのも……。

本山相模守が人変わりしたのは、奥方の敏絵が死んでからだ。

つまり、こたびの犯行のきっかけは、奥方の死ではないか。

――きっとそうにちがいない。

「よし、これでよい。もう休め。疲れたであろう」

牢番をねぎらってから曲田は牢屋を出た。いったん執務部屋に引き上げる。

それから夜明けを待って、奉行所に駆けつけてきた樺山と執務部屋で会った。

「本山相模守さまは、生きておられる」

目の前の樺山は驚きの色を見せなかった。

「樺山、わかっておったか」

「昨日までの調べで、もしかするとあり得るな、とは考えておりました」

曲田をまっすぐに見て、富士太郎が答えた。

「わしにそのことをいわなかったのは、まだ確信がなかったからか」

「おっしゃる通りでございます」

落ち着いた物腰で、富士太郎がうなずいた。曲田は、富士太郎に改めて目を当てた。

——この男、荒俣が高く買っているが、それもわかろうというものだ。いずれ南町奉行所を背負って立つのではないか。

曲田は目を閉じた。

——いつまでも同心にしておくのは、もったいないな。いつか法度を変えてでも、与力にしてよいのではないか。

そうしよう、と決意し、曲田は目を開けた。

「よし、樺山、出かけるぞ」

「はっ」

「樺山、どこに行くか、きかぬのか」

「御奉行、どちらに行かれるのでございましょうか」

富士太郎を見つめて、ふふ、と曲田は笑いを漏らした。

「どこに行くのか、すでにわかっているようだな」

「いえ、そのようなことはございませぬ」

「樺山は嘘が下手だな」

「あっ、はい、申し訳ございませぬ」

あわてたように樺山が頭を下げた。

その後、曲田は股肱の臣である六兵衛も連れて南町奉行所を出た。樺山とその中間である伊助も一緒である。

いつもの馬に乗った曲田は、元飯田町のそばにある本山屋敷を訪れた。

伊助以外の三人は、すぐに客間に通された。間を置くことなく用人の泉谷漢之助があらわれ、曲田たちの向かいに座した。

「泉谷、ききたいことがある」

真剣な眼差しを漢之助に当てて、前置きをすることなく曲田はいった。

「はっ、なんでございましょう」

かしこまった漢之助がきいてきた。

「おぬし、相模守さまの遺骸をじっくりと見たか」

「は、はい、拝見いたしました」

「あの遺骸が相模守さまだと思ったか」

「えっ」

明らかに漢之助が詰まった。

「どうだ、泉谷」

身を乗り出すようにして曲田はただした。狼狽の態で、漢之助が額に浮いた汗を手で拭った。

「正直に申し上げます。体つきからして、殿ではない、とそれがしは思いました」

「やはりそうか」

「やはり、ということは、あの、曲田伊予守さまも、あの遺骸は別人だとお考えになったのでございますか」

「その通りだ。やはり体つきが異なるような気がしてならなかった……」

「さようにございましたか」

少し安堵したような顔つきの漢之助が、ごくりと喉仏を上下させた。

「あの遺骸が殿でないとしたら、いったい誰のものなのでございましょう」

「それについては、今はまだわからぬ。調べを進めることで知れよう」

はっ、と漢之助が顎を引いた。

「ところで泉谷——」

口調をさらに厳しいものにして曲田はたずねた。

「前の奥方の死についてききたい。敏絵どのになにがあったのだ」

「いえ、なにもございませぬ」

漢之助がきっぱりと否定した。

「だが、わしにはこたびの相模守さまの出奔は、五年前の敏絵さまの死からはじまっているように思えるのだ」

曲田は、天狗、天邪鬼という異名を持つ願人坊主を殺し、河童という願人坊主をさらっていったのも、本山相模守の仕業ではないかという推測を漢之助に語った。

「えっ、殿がそのようなことを——」

曲田を見つめて漢之助が絶句する。

「まことのことでございましょうか」

「今は、そう考えるのが自然だな」

ふむう、と漢之助がうなり声のようなため息をついた。

「それで敏絵さまのことだ」

曲田は漢之助の顔を上げさせた。

「わしは、敏絵さまは病死と聞いておるが、実はちがうのではないか」

「は、はい」

苦しげな顔で漢之助がうなずく。

「実は、前の奥方さまは自死だったのでございます」

「自死か……」

それは考えなかった。険しい顔になった曲田はすぐに問いを放った。

「なにゆえ敏絵さまは自死なされたのだ」

「はい。どうやら菩提寺に参詣された際、奥方さまになにかあったようなのでございます」

いったん言葉を切り、漢之助が息を入れた。

「菩提寺には、ご夫婦でいらしたのでございます。往きは二人でしたのに、帰りは殿お一人でございました。殿はなにがあったのか、我らになにもお話しくださいませんでした。ただ、菩提寺で奥方さまに自死しなければならぬような何事かがあったことを、我らは薄々察しておりました……」

敏絵に起きた何事かに、三人の願人坊主が関係しているのは疑いようがない。

敏絵は三人になにをされたのか。

手込めにされたのかもしれぬ、と曲田は思った。

——こたびの二件の殺し、及び河童のかどわかしは、本山相模守さまが敏絵どのの無念を晴らすためにしたことに相違ない……。

こと、ここに至って曲田は確信した。

——本山相模守どのは、まちがいなく今も生きておる。

曲田は拳をぎゅっと握り込んだ。

「よし、話はここまでだ。泉谷、いいにくいことまで聞かせてくれて、感謝しておる」

目を伏せている漢之助に告げて、曲田はすっくと立ち上がった。

「戻るぞ」

なにも語ることなくずっと口を閉じていた富士太郎と六兵衛を促し、曲田は客間をあとにした。

五

河童を肩に乗せて、本山は下駒込村の屋敷にやってきた。

さすがに疲れた。だが、これは心地よい疲れである。

なにしろ今日、ついに本懐《ほんかい》を遂げることができるからだ。

ここに来るまで、大勢の者と道ですれちがったが、酔っ払った男を介抱しつつ家に送り届けようとしているとの態《てい》を装ったところ、本山のことを怪訝な目で見たり、怪しんだりする者は一人もいなかった。

本山が肩に乗せている河童は、いまだに気絶したままだ。屋敷内を進み、本山は庭の池までやってきた。肩から下ろし、河童を地面に横たわらせる。

「起きろ」

かがみ込み、本山は河童の頰をぴしゃりと叩いた。

はっ、として河童が目を覚ます。ここはどこだというようにあたりを見回す。すぐに本山と目が合い、あっ、と声を漏らした。

「おまえはこれから、天狗と天邪鬼が待っている世に行くことになる」

「冗談じゃねえ」

いきなり河童が立ち上がり、駆け出そうとする。

だが、本山はそれを許さなかった。立ち上がるやいなや、河童の足を払った。

あっ、と叫んで河童がよろけ、転びそうになる。

かろうじてこらえ、また走り出そうとした河童の顔を、本山は拳で殴りつけた。

がつっ、と鈍い音がし、河童がその場に倒れ込んだ。うつ伏せになって、うう、とうめいている。

殴りつける際、本山は手加減した。そのために河童は気絶しなかったようだ。

――もう頃合いだな。さっさとけりをつけようか。

決意した本山は河童の襟首を掴み、池のそばに引きずっていった。腐ったような水のにおいが鼻をかすめていく。

「うわっ、なにをするっ」

これからなにが行われるか解したらしい河童が、ばたばたと手足を動かし、逃げようとする。

「うるさいっ」

一喝して本山は、河童の首筋に手刀《てがたな》を浴びせた。気を失わないように、再び加減をする。

うぅぅ、とうなって河童が地面に横になった。立ち上がる気力もないようだ。

――おとなしくなったな……。それでよい。

「おまえは罰を受けなければならぬ。五年前、さる寺で武家の女性《にょしょう》を手込めにしたであろう。その報いだ」

「あのときの女の亭主か」

「そうだ。妻はきさまらのせいで死を選んだ。ゆえにきさまも殺す」

「やめろ、やめてくれ」

河童は恐怖に引きつった顔になった。

手を伸ばして再び河童の襟首を摑み、本山は池の水に顔をつけさせた。

「うおっ」

驚愕した河童が手足をばたつかせて、必死に抗《あらが》う。最後の力を振りしぼり、本山の手から逃れようとした。

だが、河童の力は大したことがなかった。本山は河童の頭に右手を乗せ、ぐっと力を込めた。その上で、自身の体重を河童にかけていく。

河童の顔が、一気に水の中に沈み込む。ごぼごぼと音を立てて口から泡が漏れ、水面まで上がってきた。

河童の頭を押さえ続けていると、やがて泡が水面に上がってこなくなった。河童の体も、腑抜けたように力をなくしている。

——芝居ではなかろうな。

生きるためには、この手の男はなんでもするだろう。死んだふりをするのも厭《いと》うまい。

本山は、河童の頭から手を離さずにいた。頭上をなにかの鳥が横切っていった。夜明けが近いことを本山は知った。

さらに別の鳥が飛んでいくのを見た。そのあいだも、河童は身動き一つしない。

——よし、まことに死んでいるな。

完全に息絶えたのがわかった。だが、さらに念のため、しばらく河童の顔を池の水につけたままにした。

両手を投げ出すようにして、河童はぴくりとも動かない。

——うむ、もうよかろう。

うなずいて本山は河童を池から引き上げ、その体を投げ捨てるようにした。どさりと音を立て、河童の骸が地面に横たわった。

――すべて終わったな。

天狗は墜死《ついし》させ、天邪鬼は押し潰し、河童はこうして水で死なせた。いずれも、その異名《いみょう》に値《あたい》する死に方ではないか。

死んだ河童を見下ろして、本山は満足だった。笑みが自然に浮かんでくる。これで敏絵もきっと喜んでくれよう、と思った。本山にとって、妻と呼べる者は一人しかいない。

――敏絵……。

本山は会いたくて仕方がない。あの世で敏絵が待っているのなら、死ぬのなど、なにも怖くない。

むしろ、死を望みたいくらいだった。

六

本山家の上屋敷をあとにした富士太郎は、六兵衛、伊助とともに小走りで町奉行に従った。

馬のひずめの音が響いているのは、曲田が馬に乗っているからだ。

「樺山――」

馬上から曲田が呼びかけてきた。

「はい、なんでございましょう」

曲田を見上げて富士太郎はきいた。

「わしが本山相模守さまの探索に加わっても構わぬか」

いきなり曲田がそんなことをいったから、富士太郎は驚いた。轡を取っている六兵衛も、唖然とした目を曲田に向けている。

「御奉行、本気でございますか」

曲田をじっと見て富士太郎はたずねた。

「むろんだ。冗談でこんなことはいえぬ」

大きくうなずいた曲田がきっぱりという。

「御奉行と一緒に探索することに、それがしに否やがあるはずがございません」

御奉行と一緒に探索するのも、と富士太郎は思った。心弾むものがあるのではないだろうか。

「無理強《じ》いしているのではないか」

「いえ、そのようなことはございません。それがしは御奉行とともに探索ができて、うれしく思います」

曲田が富士太郎の顔をじっと見る。

「ふむ、嘘はついておらぬようだな」

「もちろんでございます」

「わしと一緒に探索ができることを、樺山は喜んでくれるか。それは重畳」

曲田の頬が緩んだのを、富士太郎は、はっきりと見た。

「では、このまま番所には戻らず、ともに本山相模守さまの探索を進めよう」

馬上から曲田が宣するようにいった。

「承知いたしました」

——しかし、思いもかけない仕儀になったね。町奉行が探索に加わるなど、これまでにあったのかな……。

富士太郎には、前代未聞のことのように思える。

——このことがもし評判になったら、御奉行のことを芝居に仕立てる者が出てくるかもしれないねえ。

「それで椿山、どこに行く」

興味深げな顔で曲田がきいてきた。

「下駒込村に行こうと思います」

「それは、天狗が空から落ちて死んだ場所だな」

「さようにございます」

歩きながら富士太郎は首肯し、すぐに言葉を続けた。

「それがしが親しくしている者から聞いたのですが、深夜にそのあたりを歩いているとき、目の前を大石が飛んでいったことがあったそうなのです」

「ほう、そのようなことが……。それは、人を飛ばすために、事前に試しを行ったということか」

「そうだと思います」

「それも本山相模守さまがしたのだな」

「それがしはそう考えております」

「では、下駒込村のあたりに本山相模守さまはおられるということか」

「はい。家中の人たちも知らないような隠れ家が下駒込村にあるのではないか、とそれがしは推察いたします」

「なるほど」

感じ入ったように曲田が相槌を打つ。

「よし樺山、下駒込村にまいろうではないか」

声高らかに曲田がいった。


半刻もかからずに富士太郎たちは下駒込村にやってきた。

相変わらず静かな一帯で、肥《こえ》のにおいが濃く漂っている。

「樺山、まずはどこに行く」

馬上から曲田がきいてきた。

「天狗が飛んできて落ちて死んだ畑に、行ってみようと存じます。そこに鱗吉という百姓がおります。まずはその鱗吉に、話をきいてみようと思います」

「それはよい考えだ」

富士太郎たちが畑に行ってみると、案の定、鱗吉が一人で懸命に働いていた。

——ああ、百姓衆がこうして必死に働いてくれるから、おいらたちは腹一杯、食べることができるんだよ。

富士太郎には感謝しかなく、頭が下がる思いだ。

ひずめの音に気づいたか、鱗吉がこちらを見た。しばらく富士太郎たちを眺めていたが、富士太郎に気づいて、鱗吉が鍬を持つ手を止めた。

曲田が馬を下り、歩きはじめた。手綱と轡は六兵衛が取っている。

畑道を進んで、富士太郎は鱗吉に近づいた。

「ああ、これはお役人……」

富士太郎に鱗吉が頭を下げてきた。

「ああ、鱗吉、元気そうだね」

畑道で足を止めて富士太郎はいった。

「はい、おかげさまで……」

「ところで鱗吉、おとよといったね、女房の具合はどうだい」

本山相模守のことについてききたかったが、その思いを抑えて富士太郎は鱗吉にたずねた。

「それがあまりよくないんですよ……」

無念そうにかぶりを振った鱗吉の顔が暗くなった。

鱗吉、と富士太郎は穏やかに呼んだ。

「おいらはいいお医者を知っているんだけど、おまえさん、女房を診せる気はないかい」

「えっ、いいお医者ですか」

沈んでいた鱗吉の顔が、少しだけ明るくなった。

「腕は抜群だよ。江戸でも、屈指のお医者といっていいと思う」

えっ、と鱗吉が驚きの声を漏らす。

「そんなにすごいお医者に、おとよを診てもらえるんですか」

鱗吉は、期待に目を輝かせている。うん、と富士太郎はうなずいた。

「大丈夫だと思う。おいらは決して嘘をつかないよ」

「でしたら、是非お願いしたいのですが」

「わかったよ。そのお医者には、おいらから頼んでおく。おまえさんの家に行ってもらえばいいね」

いえ、と鱗吉が首を横に振った。

「あっしのほうから女房を連れていってもいいんですが……」

「どうするのがよいか、おいらがそのお医者に話をしてからだね。そのお医者の都合にもよるだろうから」

「ああ、さようですね」

「そのあたりのことについては、おまえさんにまた詳しい話を知らせに来るよ」

「はい、ありがとうございます」

夏の日が射し込んだように、鱗吉の顔は明るくなっている。それを見ている曲田の顔は、実にうれしそうだった。

ところで、と富士太郎は鱗吉にいい、本題に入った。

「おまえさん、このあたりで武家を見かけたことはないか」

「よく見かけますよ。このあたりは、お武家の下屋敷が多いですからね」

「この武家だが、おぬし、知らぬか」

前に進み出た曲田が、自分で描いてきたらしい人相書を鱗吉に見せた。

それまでじっと黙っていた身分の高そうな侍に、いきなり人相書を差し出されて鱗吉は驚いたようだ。

「鱗吉、こちらは南町奉行所の御奉行だよ」

すかさず富士太郎は紹介した。

「ええっ」

ひっくり返らんばかりに鱗吉が仰天した。

「町奉行さま……」

鱗吉を見て曲田がにこりとする。

「わしも、おまえとなんら変わらぬ、ただの人に過ぎぬ。そんなに驚かんでもよい」

「いえいえ、町奉行さまとおっしゃったら、泣く子も黙るといわれているお方ではありませんか。手前なんかとは、人の出来がちがいます。手前とは比べものにならないほどお偉いお方でございます」

「わしは別に偉くはないし、子供にもいつも優しくしているが……」

「ああ、それはいいですねえ」

ほっとしたように鱗吉がいった。

「鱗吉、では人相書を見てくれるかい」

横から富士太郎は口を挟んだ。

「あっ、はい、済みません」

あわてて鱗吉が低頭し、人相書に目を当てる。じっくりと見ていたが、やがて、うん、とうなずいて確信がありそうな顔を上げた。

「ええ、このお方なら知っていますよ。蔬菜を売り込みに、お屋敷へ行ったことがあるものですから。残念ながら、断られてしまいましたけど……」

「お屋敷だと。その人相書の武家はどこにいるのだ」

勢い込んで曲田がたずねる。その勢いに押されたかのように、人相書を手にしたまま鱗吉があとずさった。

「あの、ここからすぐですよ」

ごくりと喉を上下させた鱗吉が、右側を指さした。富士太郎はそちらを見た。何軒かの屋敷が目に入ってきた。

「三町ほど先です。あの雑木林のそばに建っているお屋敷がそうですよ」

「雑木林のそば……。ああ、あれか」

曲田がつぶやく。富士太郎も、その屋敷を認めた。

塀で囲まれたちんまりとした屋敷がそうなのだろう。

「あの屋敷に本山相模守さまがおられるのか」

強い眼差《まなざ》しをその屋敷に据えて、曲田がいった。

それから、しばらく沈黙していたが、

「よし、樺山、行くか」

覚悟を決めたような声音で曲田がいった。

「はい、まいりましょう」

鱗吉に別れを告げ、富士太郎は曲田とともに歩き出した。後ろに六兵衛と伊助がついてきている。

三町などあっという間で、富士太郎たちの目の前に、本山相模守がいるとおぼしき屋敷の冠木門が迫ってきた。

門はがっちりと閉まっている。富士太郎たちは門前に立ち、中の気配をうかがった。

——もっとも、おいらには、中に人がいるかどうか、正直わからないけどね……。

そうひとりごちながら富士太郎は気配を探った。屋敷は静かで、人けはまるで感じられない。

——いや、待てよ。

門を見つめて富士太郎は首をひねった。

——なにか胸を圧《お》してくるものがないかい。

富士太郎は確かに感じるものがあった。

——これが気配というやつかな。わからないけど、誰かいるのはまちがいないようだね。

屋敷内にいるとしたら、誰なのか。

――紛れもなく、本山相模守さまその人だろうね……。

樺山、と低い声で曲田が呼びかけてきた。

「どう思う」

門にじっと眼差しを注いでいる曲田にきかれ、富士太郎はいま感じている通りのことを述べた。

「屋敷内からの気を感じているのか。わしも同じだ」

ささやくような声音で曲田がいった。富士太郎は唾を飲み込んだ。

「どうしますか、御奉行。踏み込みますか」

「むろんだ」

目をきらりと光らせて曲田が答えた。

「下手に応援を待っていたら、本山相模守さまを逃がしかねぬ」

「では御奉行、我ら四人で踏み込むということでございますね」

「そうだ」

凄みを感じさせる声でいい、曲田が大きくうなずいた。富士太郎、伊助、六兵衛の順で目を当ててきた。

曲田は深い瞳の色をしており、富士太郎はそれに引き込まれそうな錯覚に陥った。

「よし、行くぞ」

押し殺したような声で曲田がいい、前に進み出て、くぐり戸を押した。

だが、中から閂が下りているようで、くぐり戸はわずかにきしんだだけだ。

「御奉行、どこから入りましょう」

富士太郎は曲田にきいた。

「幸い、塀は大して高くない。乗り越えるのはたやすかろう」

曲田のいう通りで、ぐるりを巡る塀は富士太郎の背丈よりわずかに高いくらいで、忍び返しが設《もう》けられているわけでもない。この程度の塀なら、乗り越えるのはさして難儀ではない。

「よし、六兵衛、そなたが塀を越え、そののちくぐり戸を開けるのだ」

曲田に命じられて、はっ、と答えた六兵衛が身軽に塀を乗り越えた。富士太郎からは六兵衛の姿が見えなくなったが、それも一瞬で、くぐり戸の閂が外される音が響いてきた。

「どうぞ」

中から六兵衛の声がし、うむ、とうなずいて曲田がくぐり戸を入った。そのあとに富士太郎が続いた。最後にくぐり戸を抜けた伊助が、音を立てないようにそっと閉めた。

富士太郎たちはその場に立ち、屋敷内を見回した。

敷石が続く先に母屋《おもや》が建ち、その左側には離れらしい建物があった。庭の築山《つきやま》には東屋が設けられている。母屋の右側には厩《うまや》らしい建物も見えたが、馬は一頭もいないようだ。

「あれは――」

富士太郎は、泉水《せんすい》のまわりに置かれた庭石が二つ分、そこから剝がしでもしたかのように欠けていることに気づいた。

――あそこにあった庭石が、天邪鬼を押し潰すのに使われたのではないのかな……。

それはまちがいないように思えた。もう一つは、琢ノ介のすぐ近くを横切っていった大石だろう。

「おや」

泉水のすぐそばに、人が倒れていた。あれは、と富士太郎は思い、暗澹とした。

——河童だ。

等想坊はうつ伏せており、ぴくりとも動かない。少し遠目ではあるが、すでに顔色が生きている人のものではなかった。

池の水で水死も同然に殺されたことを、富士太郎は知った。

「遅かったようだな」

無念そうな声で横に立つ曲田がいった。曲田の目も等想坊の死骸に向けられている。

「おい、樺山」

さらに曲田が呼びかけてきた。

「はっ、なんでしょう」

「厩の陰に荷車が置いてある」

いわれて富士太郎は厩の陰に目をやった。

「ああ、本当ですね」

曲田のいう通りで、そこに荷車の梶棒《かじぼう》らしいものが見えているのだ。

「あの荷車で、ここの庭石を運び、天邪鬼を殺したのだろう」

「はい、おっしゃる通りだと存じます」

ふっ、と曲田が小さく息をついた。

「どうやら本山相模守さまは、母屋にいるようだ。おぬしらは、ここで待っておれ。わしにすべて任せよ」

「しかし殿――」

それはなりませぬ、といいたげな顔で六兵衛が抗弁するようにいった。

「六兵衛、よいのだ。わしに任せておけ。本山相模守さまは竹馬《ちくば》の友だ。わしを害するようなことはあるまい」

「しかし……」

曲田の一番の近臣として、六兵衛は納得しがたいようだ。

「六兵衛、そこにいるのだ」

有無をいわせぬ口調で曲田が命じた。

「承知いたしました」

不承《ふしょうぶ》不承《しょう》という感じで六兵衛がいった。

敷石を踏んで曲田が母屋に近づいていく。息をのんで、富士太郎はその姿を見守った。

七

母屋の玄関前に立ち、曲田は改めて中の気配を嗅いだ。

暗い玄関の中でなんらかの気が動いたような感じがした次の瞬間、不意に人影があらわれた。

「本山相模守さま……」

大小を腰に差した本山が、玄関を出たところで足を止めた。曲田を見て、にこりとする。

「よく来たな、太郎兵衛」

足を進ませ、曲田は二間の距離で本山と対峙した。

「やはり生きておわしたか」

本山が生きてそこにいることが、曲田は素直にうれしかった。

ずいと前に出た本山が曲田をじっと見た。

「わしを殺しに来たか、太郎兵衛」

「捕らえにまいりました」

からな」

「わしにその気はないぞ。本懐を遂げたゆえ、もはや思い残すことは一つもない
「本山家はどうなります」

本山をにらみつけて曲田はいった。

「お取り潰しになりますぞ」

「それについてはなんとかなろう」

気楽な口調で本山が答えた。

「なにゆえ」

間髪を容れずに曲田はきいた。

「太郎兵衛も知っているかもしれぬが、佳子の実家の安倍家には、弥次郎《やじろう》という十六歳の次男坊がいる。上さまの御小姓《おこしょう》をつとめているが、上さまの覚えもめでたく、とてもかわいがられていると聞く」

「その弥次郎どのが、どうしたと」

不意な苛立ちを覚えて、曲田は急かすようにきいた。

「弥次郎を、わしは本山家の養子にしたばかりだ。わしの所業が公《おおやけ》になっても、多分なにも知らぬ弥次郎に罪はないという声が大きくなり、さらには上さまの鶴

の一声で、本山家は何事もなく存続するはずだ。なにしろ、安倍家は大目付、その娘が嫁ぎ、次男坊が養子入りした家だ。たやすく取り潰せるはずもない」

「さて、そうでしょうかな」

曲田は首をひねってみせた。

「大目付は、自らが関わることについては特に厳しい詮議を行うのではありませんか」

「なに、大丈夫だ。必ずや上さまの、弥次郎に本山家を継がせよ、という鶴の一声がある」

本山は確信している顔だ。

「果たしてそううまくいくものか」

首をかしげて曲田は疑問を呈した。曲田の口振りが変わった。

「いくさ」

自信たっぷりの顔で本山がいった。

「権勢を手にした者は、結局、自分たちのために法度すら変えていく。おのれの次男坊が継ぐばかりになっている大名家を、大目付が潰すはずがない。上さまも、かわいくてならぬ弥次郎を、再び部屋住みの身に追い込むわけがなかろう」

本山は、そのことを心から信じ切っている顔である。弥次郎という養子を迎えた本山家が必ずこの先も続いていくと、確信している顔つきだ。

「では、おぬしの実家の鵜殿家はどうだ。おぬしがこのような真似をして、取り潰しにならぬか」

「鵜殿家か。確かにわしの実家だが、もうわしは他家の者だし、関わりはないといってよい。兄も書院番組頭《しょいんばんくみがしら》としての仕事ぶりを、上の者から認められていると聞く。わしのことで、鵜殿家に累《るい》が及ぶようなことはあるまい」

確かにそうかもしれぬ、と曲田は思った。以前は連座《れんざ》という形で縁者が罰せられることもあったらしいが、今はそのようなことはほとんどない。

ところで、と曲田はいった。

「おぬしの身代わりになって死んだ首のない者は誰だ」

曲田は口調をさらに強いものにした。

「あれは、折尾摂津守郷龍を盗みに屋敷へ忍び込んできた盗人だ。捕らえるのは、さして難儀なことではなかった」

「だが、折尾摂津守郷龍は寝所にあったのであろう。そのとき、一緒に奥方がいらしたのではないのか」

「ああ、一緒だった。佳子は盗っ人が入ってきたとき、目を覚まさなかった。もっとも、わしも、盗っ人が折尾摂津守郷龍を手にして廊下に出ようとしたときに初めてその気配に気づいて起きたのだが……」

「その後どうしたのだ」

すかさず曲田は先を促した。

「床の間の刀架から折尾摂津守郷龍が消えていることに気づき、すぐさまわしは寝床から抜け出て盗っ人を追った。得物《えもの》として脇差を帯に差してな……」

「それで」

「わしが庭に出たとき、折尾摂津守郷龍を背負った盗っ人は、すでに塀を乗り越えようとしていた。わしは脇差を抜き、投げつけた。脇差は太ももに刺さり、盗っ人が小さく悲鳴を上げて地面に落ちた」

「そこを捕まえたのか」

「そうだ。わしは盗っ人の襟首を摑み、寝所に引っ立てようとした。だが、そのとき寝所から佳子の甲高い声がした。わしを呼ぶ声だった。盗っ人の悲鳴が耳に届き、目を覚ましたのだろう。佳子は癇性《かんしょう》のところがあり、その手のことは珍しくなかった。わしは盗っ人に当て身を食らわせて気絶させ、その場に横たわらせてから寝所に戻った」

そこで言葉を切り、本山が軽く息を入れた。

「寝所に戻ったわしに、どこに行かれていたのですか、と佳子が血相を変えてきいてきた。盗っ人が入ったと説明するのが急に億劫《おっくう》になり、厠だとわしは答えた。そのとき運悪く、佳子が、刀架に折尾摂津守郷龍がないことに気づいたのだ。それで騒ぎになってしまった」

「その後は」

「折尾摂津守郷龍が盗まれたことを実家に知らせるという佳子を説得して、わしはやめさせた。佳子をその場に残してわしは庭に行き、盗っ人に猿轡を嚙ませ、縛《いまし》めもした。折尾摂津守郷龍を持ち、その日の夕刻、わしは矢間波屋に折尾摂津守郷龍を持っていったのだ」

「なにゆえ矢間波屋に、拝領刀を売りに行ったのだ」

「なに、矢間波屋に儲けさせてやろうと思ったに過ぎぬ」

「なにゆえ、そのようなことを考えた」

「前に敏絵と一緒に神田に買物に出たとき、敏絵の草履の鼻緒《はなお》が切れた。それが矢間波屋の軒先でな、すぐにあるじが出てきて奥の鼻緒をすげ替えてくれた」

そのときを思い出したのか、本山が穏やかに笑った。

「もうだいぶ前のことゆえ、このあいだ折尾摂津守郷龍を持ってわしが訪れたとき、あの店のあるじは、そのことをすっかり忘れている様子だった。しかし、わしはどんな形でもよいゆえ、いつか恩返しをせねばと思っていた。それに、わしはすでに死を覚悟した身だった。折尾摂津守郷龍など、正直どうでもよかった。別に三十両でなくとも、ただで矢間波屋にくれてやるつもりだった」

「そういうことだったか」

別に得心がいったわけではないが、曲田はうなずいてみせた。

「なにゆえ盗っ人を身代わりに殺したのだ」

「少し時がほしかった。わしが死んだとなれば、わしに対する探索はもはや行われまい。そのあいだに、わしは河童を捜し出すつもりだった」

「捜し出せなんだが、番所にいることはわかったのか」

「おぬしが、番所には腕利きの者がいるといっていた。それで、その腕利きが河童を捕らえ、番所に連れていったのではないかとわしは考えた」

——つまり、わしが偉そうに樺山の腕のよさを自慢するような真似をしなければ、河童の居どころを知られることはなかったか……。

曲田の脳裏に、泉水のそばで死んでいた等想坊の死骸がよみがえった。

「それで太郎兵衛。どうする、わしとやるつもりか」

不敵な笑みを浮かべて本山がきいてきた。

「おぬしが抗うつもりなら、やるしかあるまいな」

「おぬしの腕ではわしには勝てぬぞ」

「勝負はやってみなければわからぬ」

「いや、わしの腕とおぬしの腕とでは、天地ほどの開きがある。やってみなければわからぬなどということは、決してない」

言葉を切り、本山が曲田をじっと見てきた。

「まことにやるつもりなのだな」

「当たり前だ、御役目だからな」

「手加減はせぬぞ」

「望むところだ」

「では、やるか」

腰を落とし、本山が刀を抜いた。曲田も抜刀した。

すす、と本山が近づいてきた。曲田を間合に入れたと踏んだか、刀を袈裟懸けに振り下ろしてきた。

強烈な斬撃で、曲田は腰が引けそうになったが、引けば死ぬのがわかり、前に出て、刀を振り上げていった。

がきん、と刃同士が当たった音が響き、火花が散った。本山の斬撃の威力はすさまじく、それだけで曲田の腰が砕《くだ》けた。手加減はせぬ、という本山の言葉に嘘はなかった。

あっけなく体勢を崩した曲田の腹を狙い、さらに踏み込んできた本山が刀を胴に払ってくる。

曲田は体をひねって、その斬撃をかろうじて避《よ》けた。

だが、そのときにはあまりに体勢が崩れすぎており、次の斬撃を避けるのは、もはや無理なことだった。死が眼前に迫ったのを、曲田は覚った。

再び袈裟懸けが見舞われた。それでも曲田は刀を上げ、本山の斬撃を受け止めようとした。がきん、と音がし、強烈なしびれが腕に伝わる。

それと同時に曲田は、ずる、と足を滑らせた。さらに体勢が崩れ、地面に左手をつきそうになった。

首筋が伸び、曲田は無防備な姿勢をさらすことになった。この瞬間を狙って本山が曲田の首を刎《は》ねるのは、さして難しくはなかったはずだ。

しかし、刀はやってこなかった。見ると、一つの影がそばに立っていた。一瞬、六兵衛か、と曲田は思ったが、ちがった。

「御奉行、大丈夫ですか」

女の声だ。薙刀を手にしているようだ。

——女、薙刀……。

「そなたは……」

「荒俣土岐之助の妻、菫子でございます」

朗々たる声で菫子がいった。

「なにゆえここにおる」

「我が夫から、御奉行の陰警護につくように命じられました」

「なにゆえわしの警護に……」

「我が夫が申しました。御奉行は無鉄砲なところがあり、しかもこたびは竹馬の友の本山相模守さまのことでもあり、なにか無茶をされるにちがいないゆえ、そなたが陰警護につくのだ、と」

「そうだったか」

菫子のいかにも強そうな姿を目の当たりにして、曲田は納得した。

「なんだ、信じられぬほど腕の立つおなごではないか」

菫子を見て本山が驚いたようにいった。

「荒俣というのは何者だ」

「南町奉行所の与力でございます」

菫子がにこやかに答えた。

「ほう、与力の妻にこれほどの手練がいるとは、驚きだ」

「本山相模守さま、まだやりますか」

「うむ、そなたとやってみたい」

本山が刀を正眼に構えた。菫子も薙刀を構える。

間合を一気に詰め、本山が刀を振り下ろす。一歩も下がることなく、菫子が薙刀で弾き返す。即座に薙刀を返し、胴に振っていく。それを本山が刀で打ち返す。

菫子が踏み込み、上段から薙刀を振っていく。本山が刀で弾き返す。

さらに菫子が薙刀を右手のみで振った。ぶん、とうなりを立てて薙刀が伸び、本山の左肩に迫る。

それを本山が体《たい》を開いて、かろうじてかわした。なおも菫子が薙刀を下から振り上げていった。

それは本山の目からは見えにくかったようで、一瞬、避けるのが遅れた。ぴっ、とかすかな音がし、本山の着物が切れたのを曲田は知った。

曲田は目をみはるしかなかった。驚いたことに、本山が明らかに押されていた。

「わかった、もうやめだ」

いきなり本山が閉口したような声を上げ、刀を引いた。感嘆の目で菫子を見る。

「一目見てわかっていたことではあるが、そなたは強い、強すぎる」

刀尖《とうせん》をだらりと下げた本山がいった。頬が紅潮している。不意に穏やかな目で菫子を見つめた。

「人生の最後で、これほど強い相手とやり合うことができた。こんなにうれしいことはないぞ。わしは楽しかった」

本山が破顔《はがん》した。それを見て、うっ、と曲田は胸を打たれた。昔に戻ったかのような快活な笑顔だったからだ。

「会えてよかった、太郎兵衛。じゃが、もそっと剣の修業をせよ」

笑いを顔に貼りつけたまま本山がいった。

「これで本当に思い残すことはない。いや、一つ頼みがある。できれば、この一件は公にせず、内密に始末してくれぬか。取り潰しにならぬという思いはあるとはいえ、万が一ということもある。路頭に迷う家臣たちが哀れでならぬ」

「わかった。内々に始末しよう」

本山を見て曲田は請け合った。

「よろしく頼む」

その直後、本山が刀を首に添えた。それがためらうことなく引き下ろされる。一気に血が噴き出た。その直後、本山の体がどうと前倒しになった。

地面に倒れた本山がわずかに顔を動かす。曲田を見た。またにこりとしたように、曲田には見えた。

首からおびただしい血を流しながら、本山が息絶えた。

——ああ、こんなことになろうとは……。

とにかく、見事としかいいようがない死にざまだった。

「次郎之介……」

曲田は、久しぶりに本山相模守の仮名を口にした。

すべての始末が終わり、南町奉行所からの帰路《きろ》、富士太郎は首をかしげた。

「しかしなにゆえ、本山相模守さまは、折尾摂津守郷龍を御奉行に探すように頼んできたのでしょう」

富士太郎の背後を歩く菫子がすぐに答えた。

「本山さまには、人生で心を許したお方が二人いらしたのでしょう。その一人が敏絵さま。そしてもう一人が御奉行だったのです」

はい、と富士太郎は相槌を打った。

「本山さまは御奉行に、自分の最期《さいご》を見取ってほしかったのではないかと存じます。御奉行と戦われた際、本山さまの最後の斬撃は本気で相手を殺そうとするものではありませんでした。私にはよくわかりました」

菫子が言葉を切る。

「探索の手があえて自分に及ぶように、一番の腕利きである富士太郎さんに折尾摂津守郷龍を探させるべく仕向けたのではないかと思います。そして本山さまの目論見通りに事は結着しました」

「ああ、そういうことですか……」

富士太郎は納得がいかなかった。

「富士太郎さん、友垣というのはそのようなものではありませぬか」

「はい、そうかもしれません」

大きく息をついて、富士太郎は歩き続けた。


それから数日たった。

曲田は、町奉行所の奥座敷に一人、座していた。

——あのとき次郎之介は、まことにわしを斬ろうとしたのだろうか。

本山とやり合い、曲田の体勢が無様に崩れ、斬られると思ったときである。あいだに菫子が入ったから本山は斬りかかってこなかったと、あのとき曲田は思ったが、果たしてそうだったのか。

——次郎之介には、端からわしを斬る気はなかったのではないだろうか。

今はそう思えてならない。でなければ、最後に見せたあの快活な笑顔の説明がつかないような気がするのだ。

幸いにしてというべきなのか、曲田に対する将軍からの叱責《しっせき》の類はなかった。

曲田は本山との約束通り、こたびの件は公儀の要人《ようじん》の誰にもいわなかった。本山相模守の死は、敏絵と同じく病死として届けられた。

本山家はこのまま、何事もなく存続していくのではないか。そのことがわかり、曲田は安心した。

しかし、大名の奥方が白昼、願人坊主に手込めにされ、大名である本山相模守があのような一件を引き起こすとは、武家の時代は終わろうとしているのではないか、と曲田は思わざるを得なかった。

——まことそうかもしれぬ。

公儀の屋台骨が揺らいでいるという実感を、曲田は抱いた。しかし、黙って武家の時代の終焉《しゅうえん》を迎えるつもりはない。

——俺が武家の世を守ってみせる。

土岐之助もいるし、富士太郎もいる。秀士館には湯瀬直之進と倉田佐之助という希代《きたい》の遣い手がいる。

役者はきっちりとそろっている。

必ずやれる。

四人の顔を脳裏に描いた曲田は、そのことを信じて疑っていない。

この作品は双葉文庫のために書き下ろされました。

双葉文庫

す-08-44

口入屋用心棒《くちいれやようじんぼう》
拝領刀《はいりょうとう》の謎《なぞ》

2019年4月14日　第1刷発行

【著者】
鈴木英治《すずきえいじ》

©Eiji Suzuki 2019

【発行者】
箕浦克史
【発行所】
株式会社双葉社
〒162-8540 東京都新宿区東五軒町3番28号
[電話] 03-5261-4818(営業)　03-5261-4833(編集)
www.futabasha.co.jp
(双葉社の書籍・コミックが買えます)
【印刷所】
株式会社新藤慶昌堂
【製本所】
株式会社若林製本工場

【表紙・扉絵】南伸坊
【フォーマット・デザイン】日下潤一
【フォーマットデジタル印字】飯塚隆士

落丁・乱丁の場合は送料双葉社負担でお取り替えいたします。
「製作部」宛にお送りください。
ただし、古書店で購入したものについてはお取り替えできません。
[電話] 03-5261-4822(製作部)

定価はカバーに表示してあります。

本書のコピー、スキャン、デジタル化等の無断複製・転載は
著作権法上での例外を除き禁じられています。
本書を代行業者等の第三者に依頼してスキャンやデジタル化することは、
たとえ個人や家庭内での利用でも著作権法違反です。

ISBN978-4-575-66936-7 C0193
Printed in Japan

鈴木英治
口入屋用心棒1 逃げ水の坂
長編時代小説〈書き下ろし〉
仔細あって木刀しか遣わない浪人、湯瀬直之進は、江戸小日向の口入屋・米田屋光右衛門の用心棒として雇われる。好評シリーズ第一弾。

鈴木英治
口入屋用心棒2 匂い袋の宵
長編時代小説〈書き下ろし〉
湯瀬直之進が口入屋の米田屋光右衛門から請けた仕事は、元旗本の将棋の相手をすることだったが……。好評シリーズ第二弾。

鈴木英治
口入屋用心棒3 鹿威《ししおど》しの夢
長編時代小説〈書き下ろし〉
探し当てた妻千勢から出奔の理由を知らされた直之進は、事件の鍵を握る殺し屋、倉田佐之助の行方を追うが……。好評シリーズ第三弾。

鈴木英治
口入屋用心棒4 夕焼けの甍《いらか》
長編時代小説〈書き下ろし〉
佐之助の行方を追う直之進は、事件の背景にある藩内の勢力争いの真相を探る。折りしも沼里城主が危篤に陥り……。好評シリーズ第四弾。

鈴木英治
口入屋用心棒5 春風《はるかぜ》の太刀
長編時代小説〈書き下ろし〉
深手を負った直之進の傷もようやく癒えはじめた折りも折り、米田屋の長女おあきの亭主甚八が事件に巻き込まれる。好評シリーズ第五弾。

鈴木英治
口入屋用心棒6 仇討ちの朝
長編時代小説〈書き下ろし〉
倅の祥吉を連れておあきが実家の米田屋に戻った。そんな最中、千勢が勤める料亭・料永に不吉な影が忍び寄る。好評シリーズ第六弾。

鈴木英治
口入屋用心棒7 野良犬の夏
長編時代小説〈書き下ろし〉
湯瀬直之進は米の安売りの黒幕・島丘伸之丞を追う的場屋登兵衛の用心棒として、田端の別邸に泊まり込むが……。好評シリーズ第七弾。

鈴木英治

口入屋用心棒8
手向けの花

長編時代小説
〈書き下ろし〉

殺し屋・土崎周蔵の手にかかり斬殺された中西道場一門の無念をはらすため、湯瀬直之進は復讐を誓う……。好評シリーズ第八弾。

鈴木英治

口入屋用心棒9
赤富士の空

長編時代小説
〈書き下ろし〉

人殺しの廉で南町奉行所定廻り同心・樺山富士太郎が捕縛された。直之進と中間の珠吉は事の真相を探ろうと動き出す。好評シリーズ第九弾。

鈴木英治

口入屋用心棒10
雨上《あめあが》りの宮《みや》

長編時代小説
〈書き下ろし〉

死んだ緒加屋増左衛門の素性を確かめるため、探索を開始した湯瀬直之進。次第に明らかになっていく腐米汚職の実態。好評シリーズ第十弾。

鈴木英治

口入屋用心棒11
旅立ちの橋

長編時代小説
〈書き下ろし〉

腐米汚職の黒幕堀田備中守を追い詰めようと策を練る直之進は、長く病に伏せていた沼里藩主誠興から使いを受ける。好評シリーズ第十一弾。

鈴木英治

口入屋用心棒12
待伏せの渓《たに》

長編時代小説
〈書き下ろし〉

堀田備中守の魔の手が故郷沼里にのびたことを知り、江戸を旅立った湯瀬直之進。その道中、直之進を狙う罠が……。シリーズ第十二弾。

鈴木英治

口入屋用心棒13
荒南風《あらはえ》の海

長編時代小説
〈書き下ろし〉

腐米汚職の真相を知る島丘伸之丞を捕えた湯瀬直之進は、海路江戸を目指していた。しかし、黒幕堀田備中守が島丘奪還を企み……。

鈴木英治

口入屋用心棒14
乳呑児《ちのみご》の瞳《め》

長編時代小説
〈書き下ろし〉

品川宿で姿を消した米田屋光右衛門の行方をさがすため、界隈で探索を開始した湯瀬直之進。一方、江戸でも同じような事件が続発していた。

鈴木英治

口入屋用心棒15
腕試しの辻

長編時代小説〈書き下ろし〉

妻千勢が好意を寄せる佐之助が失踪した。複雑な思いを胸に直之進が探索を開始した矢先、千勢と暮らすお咲希がかどわかされかかる。

鈴木英治

口入屋用心棒16
裏鬼門《うらきもん》の変

長編時代小説〈書き下ろし〉

ある夜、江戸市中に大砲が撃ち込まれる事件が発生した。勘定奉行配下の淀島登兵衛から探索を依頼された湯瀬直之進を待ち受けるのは!?

鈴木英治

口入屋用心棒17
火走《ひばし》りの城

長編時代小説〈書き下ろし〉

湯瀬直之進らの探索を嘲笑うかのように放たれた一発の大砲。賊の真の目的とは？　幕府の威信をかけた戦いが遂に大詰めを迎える！

鈴木英治

口入屋用心棒18
平蜘蛛《ひらぐも》の剣

長編時代小説〈書き下ろし〉

口入屋・山形屋の用心棒となった平川琢ノ介。あるじの警護に加わって早々に手練の刺客に襲われた琢ノ介は、湯瀬直之進に助太刀を頼む。

鈴木英治

口入屋用心棒19
毒飼《どくが》いの罠

長編時代小説〈書き下ろし〉

婚姻の報告をするため、おきくを同道し故郷沼里に向かった湯瀬直之進。一方江戸では樺山富士太郎が元岡っ引殺しの探索に奔走していた。

鈴木英治

口入屋用心棒20
跡継ぎの胤《たね》

長編時代小説〈書き下ろし〉

主君又太郎危篤の報を受け、沼里へ発った湯瀬直之進。跡目をめぐり動き出した様々な思惑、直之進がお家の危機に立ち向かう。

鈴木英治

口入屋用心棒21
闇隠《やみがく》れの刃

長編時代小説〈書き下ろし〉

江戸の町で義賊と噂される窃盗団が跳梁するなか、大店に忍び込もうとする一味と遭遇した佐之助は、賊の用心棒に斬られてしまう。

鈴木英治
口入屋用心棒22
包丁人の首
長編時代小説〈書き下ろし〉
拐かされた弟房興の身を案じ、急遽江戸入りした沼里藩主の真興に隻眼の刺客が襲いかかる！沼里藩の危機に、湯瀬直之進が立ち上がった。

鈴木英治
口入屋用心棒23
身過《みす》ぎの錐《きり》
長編時代小説〈書き下ろし〉
米田屋光右衛門の病が気掛りな湯瀬直之進は、高名な医者雄哲に診察を依頼する。そんな折、平川琢ノ介が富くじで大金を手にするが……。

鈴木英治
口入屋用心棒24
緋木瓜《ひぼけ》の仇《あだ》
長編時代小説〈書き下ろし〉
徐々に体力が回復し、時々出歩くようになった米田屋光右衛門。そんな折り、直之進のもとに光右衛門が根岸の道場で倒れたとの知らせが！

鈴木英治
口入屋用心棒25
守り刀の声
長編時代小説〈書き下ろし〉
老中首座にして腐米騒動の首謀者であった堀田正朝。取り潰しとなった堀田家の残党に盟友和四郎を殺された湯瀬直之進は復讐を誓う。

鈴木英治
口入屋用心棒26
兜割《かぶとわ》りの影
長編時代小説〈書き下ろし〉
江戸市中で幕府勘定方役人が殺された。その惨殺死体を目の当たりにし、相当な手練による犯行と踏んだ湯瀬直之進は探索を開始する。

鈴木英治
口入屋用心棒27
判《はん》じ物《もの》の主《ぬし》
長編時代小説〈書き下ろし〉
呉服商の船越屋岐助から日本橋の料亭に呼び出された湯瀬直之進は、料亭のそばで事切れていた岐助を発見する。シリーズ第二十七弾。

鈴木英治
口入屋用心棒28
遺言状の願《ねがい》
長編時代小説〈書き下ろし〉
遺言に従い、光右衛門の故郷常陸国・鹿島に旅立った湯瀬直之進とおきく夫婦。そこで、思いもよらぬ光右衛門の過去を知らされる。

鈴木英治

口入屋用心棒29

九層倍《くそうばい》の怨《うらみ》

長編時代小説〈書き下ろし〉

八十吉殺しの探索に行き詰まる樺山富士太郎。湯瀬直之進が手助けを始めた矢先、掏摸に遭った薬種問屋古笹屋と再会し用心棒を頼まれる。

鈴木英治

口入屋用心棒30

目《め》利《き》きの難《なん》

長編時代小説〈書き下ろし〉

江都一の通人、佐賀大左衛門の元に三振りの刀が持ち込まれた。目利きを依頼された大左衛門だったが、その刀が元で災難に見舞われる。

鈴木英治

口入屋用心棒31

徒《かち》目付の指

長編時代小説〈書き下ろし〉

護国寺参りの帰り、小日向東古川町を通りかかった南町同心樺山富士太郎は、頭巾の侍に直之進の亡骸が見つかったと声をかけられ……。

鈴木英治

口入屋用心棒32

三人田《さんにんだ》の怪

長編時代小説〈書き下ろし〉

かつて駿州沼里で同じ道場に通っていた鎌幸に用心棒を依頼された直之進。名刀の贋作売買を生業とする鎌幸の命を狙うのは一体誰なのか？

鈴木英治

口入屋用心棒33

傀儡子《くぐつし》の糸

長編時代小説〈書き下ろし〉

名刀〝三人田〟を所有する鎌幸が姿を消した。湯瀬直之進はその行方を追い始めるが、そんな中、南町奉行所同心の亡骸が発見され……。

鈴木英治

口入屋用心棒34

痴《し》れ者《もの》の果《はて》

長編時代小説〈書き下ろし〉

南町同心樺山富士太郎を護衛していた平川琢ノ介が倒れ、見舞いに駆けつけた湯瀬直之進。だがその様子を不審な男二人が見張っていた。

鈴木英治

口入屋用心棒35

木乃伊《ミイラ》の気

長編時代小説〈書き下ろし〉

湯瀬直之進が突如黒覆面の男に襲われた。さらに秀士館の敷地内から木乃伊が発見される。だがその直後、今度は白骨死体が見つかり……。

鈴木英治
口入屋用心棒36
天下流の友
長編時代小説〈書き下ろし〉
上野寛永寺で、御上覧試合が催されることとなった。駿州沼里家の代表に選ばれた湯瀬直之進の前に、尾張柳生の遣い手が立ちはだかる！

鈴木英治
口入屋用心棒37
御上覧《ごじょうらん》の誉《ほまれ》
長編時代小説〈書き下ろし〉
御上覧試合を目前に控え、負傷した右腕が癒えぬままの湯瀬直之進。主家と秀士館の期待を一身に背負い、剣豪が集う寛永寺へと向かう！

鈴木英治
口入屋用心棒38
武者鼠《むささび》の爪
長編時代小説〈書き下ろし〉
品川に行ったまま半月以上帰らない雄哲の行方を捜すため、直之進ら秀士館の面々は探索を開始する。だがその姿は、意外な場所にあった。

鈴木英治
口入屋用心棒39
隠し湯の効《こう》
長編時代小説〈書き下ろし〉
秀士館を代表して納太刀をするため武家の信仰も篤い大山、阿夫利神社に向かう湯瀬直之進。だがその背中をヒタヒタと付け狙う男がいた。

鈴木英治
口入屋用心棒40
赤銅色《しゃくどういろ》の士
長編時代小説〈書き下ろし〉
湯瀬直之進の前に謎の強敵現る！　読売屋の養子に入った、商人とは思えぬ風格を漂わせる男。ある日、男を探索していた岡っ引きが消えた。

鈴木英治
口入屋用心棒41
群青色《ぐんじょういろ》の波
長編時代小説〈書き下ろし〉
読売の主にして驚異の遣い手、庄之助。そのきな臭さの根源を探り、直之進、佐之助たちが動く。意外な真実が見えてきた……。

鈴木英治
口入屋用心棒42
黄金色《こがねいろ》の雲《くも》
長編時代小説〈書き下ろし〉
奉行所の前で樺山富士太郎が襲われ、かばった珠吉が斬られた。怒りに燃える直之進が下手人を追う。そしてついに決着をつける時が来た！

鈴木英治
口入屋用心棒43
御内儀《ごないぎ》の業《わざ》
長編時代小説〈書き下ろし〉
与力・荒俣土岐之助を恨み命を狙う者がある。夫の危機に立ち向かうは女丈夫、菫子（すみれこ）。天下無双の薙刀をお見舞いする！

誉田龍一
手習い所　純情控帳
泣き虫先生、江戸にあらわる
長編時代小説〈書き下ろし〉
ひょんなことから手習い所「長楽堂」の先生になった三好小次郎は、涙もろい性格で、子どもたちから「泣き虫先生」と呼ばれるように。

誉田龍一
手習い所　純情控帳
泣き虫先生、幽霊を退治する
長編時代小説〈書き下ろし〉
「泣き虫先生」と呼ばれ、子どもたちの人気者になった三好小次郎。そんな折、近所の荒れ寺で幽霊騒ぎが持ち上がる。絶好調第二弾！

誉田龍一
手習い所　純情控帳
泣き虫先生、棒手振りになる
長編時代小説〈書き下ろし〉
手習い所「長楽堂」の先生ぶりも板についてきた三好小次郎は、ひょんなことから棒手振りとなって青物を売り歩くことになる。

誉田龍一
手習い所　純情控帳
泣き虫先生、父になる
長編時代小説〈書き下ろし〉
三好小次郎が師匠をつとめる「長楽堂」に親が消えてしまったという二人の子どもがやって来たが、二人は悪戯ばかりして周囲を困らせる。

誉田龍一
御庭番闇日記
暁に奔る
時代小説〈書き下ろし〉
鋳掛け屋に身をやつし、江戸市中に潜る御庭番の村垣範正。将軍家斉の目となり耳となり、命あらば悪を斬る。期待のシリーズ第一弾。

誉田龍一
御庭番闇日記【二】
漆黒に駆ける
時代小説〈書き下ろし〉
闇御庭番の川村が御賄頭に出番となり、範正にかかる期待と責任は増すばかり。江戸市中に潜る闇御庭番の活躍を描くシリーズ第二弾！